Lill Karlsson

Vem är du

Del 3

Drama/spänning

Foto: Lill Karlsson
Förlag: BoD · Books on Demand, Stockholm, Sverige
Tryck: Libri Plureos GmbH, Hamburg, Tyskland

ISBN: 978-91-8080-030-3

Kapitel 1

Hope Jones och hennes barn bodde gömda hos Eve på landet i Australien. Ett viktigt samtal kom på eftermiddagen. Efter samtalet blev Hope illamående av stress. Det gällde hennes vittnesmål mot sin man, Daniel Berndtzon, och en internationell drogkartell som han var medlem i. Namnet Octopus hade den fått av polisen. Deras kontaktperson var polisman Peter Townsend.

När den internationella ligan undersöktes växte den i omfång, som en bläckfisk eller en stor sjöstjärna med armar ut mot olika kontinenter. Med sugkopparna höll de fast bytet. Bläcket var som ett massförstörelsevapen. Den tog sig in hos familjer, i politiken och maktens sfär.

För att familjen skulle överleva hade hon tidigare skrivit på ett avtal om att vittna mot ligan. I avtalet fick hon hjälp att hämta hem barnen från Singapore. Då hade hon fått ett nytt namn Hope Jones, det stod med i avtalet. Hennes tidigare namn var Åsa Berndtzon. Polisen i flera länder var oroliga att Octopus fick kännedom om Hope och hennes intentioner. Allt planerades i detalj. Gick det fel kunde varje tentakel sluta sig och en rökridå skickas ut av Octopus. Föräldrarna hade hjälpt Hope. De åkte från Sverige till Singapore, därifrån åkte de vidare till Australien med barnbarnen. I nästa flyg från Singapore var barnens pappa och hans fru med. Polisen tog dem direkt när de landade. Hope kom långt senare på grund av en skada som skedde vid flykten från Singapore.

De bodde kvar hos Eve på landet i Australien. Efter fem år fick de lära känna varandra på nytt. Dessa dagar hade gått med mycket samtal, skratt, också med spel och kortare utflykter. Som en normal familj njöt alla tillsammans. En vecka efter att Hope hade träffat sina barn åkte föräldrarna hem till Sverige. Det blev tomt utan dem. Dagarna gick fort, för fort, men ändå långsamt på grund av väntan på vittnesmålen. Ju mer tiden gick, desto fler av tentaklerna inom Octopus blev skadade. Mycket tack vare Hope, men mest av hennes man Daniel, som levde med ligan och gjorde bort den. Självklart var det till största delen av rättsväsendets metoder och hårda arbete i alla länder.

En dag åkte Hope och barnen till ett vattenfall som låg i ett parkområde. I parken tog de en långpromenad. Tittade på vyerna. Ingen av dem hade varit längre bort utanför Eves hem. De övade sig på trädens och djurens namn från böckernas värld. På avstånd hade de sett känguru. Vid kanten av dammen satt de och plaskade med fötterna i vattnet. Hope studerade vattnet med tanke på ormar och krokodiler. Plötsligt blev Noa eld och lågor. Skvätte vatten på dem alla och skrattade högt. När Lova visade sig irriterad blev han värre. Fundersamt tittade hon på sin son. Blicken gick över till döttrarna. Tankfullt reste hon sig och kikade runt omgivningen. Tittade allt som oftast på åttaåringen. Under en enda månad hade han visat upp ett register av utstuderade elakheter.

När han somnade för kvällen skulle hon ha ett allvarligt samtal med sina döttrar. Den unga kvinnan Lova hade växt, men var alltför allvarlig. Noelle som var knappt tre år yngre än sin storasyster följde allas rytmen. Vem var den tolvåriga flickan Noelle? Försökte hon vara alla till lags? Vad hade de upplevt hos sin pappa i Singapore under de fem åren Åsa satt fängslad?

Ett par dagar tidigare hade Noa tagit en söt gul kyckling om halsen, men tryckt för hårt. Kycklingen dog. Först hade Noa skakat på kycklingen för att väcka den, när den inte visade något tecken på liv slängdes djuret åt sidan. Precis som om han slängde bort skräp. Den dagen hade hon visat och förklarat för honom om djur och människor med glädje, smärta och sorg. Hur mycket kärlek ett djur visade om den blev rätt behandlad. I sin tur visade Eve hur han skulle hålla en kyckling och andra djur. Givetvis pratade Hope med Eve, hennes dotter och svärson om vad som hade hänt och vad det kunde bero på. Den lilla kycklingen begravdes. Alla lade en liten blomma på graven. Noa vägrade, men fick en slant av Hope för att han skulle betala för begravningen. Det tyckte Noa var löjligt och vägrade. Då tog Hope tillbaka pengarna och förklarade varför, vilket gjorde honom rasande och slog till Hope.

På kvällen hade Hope och döttrarna ett långt samtal. För första gången ställde hon direkta frågor och de svarade uppriktigt. En av frågorna var hur deras pappa behandlade var och en, dessutom ville hon veta hur hans fru var mot dem. Lova förklarade att hon tog på sig värsta smällarna för att hon var äldst och måste ta hand om sina syskon. Hope hade förstått. Om en dörr smällde till hoppade barnen högt och tittade dit med rädsla i blicken.

"Jag ser att du har mer på hjärtat, Lova."

"Pappa tyckte inte om mig. Han sa alltid att jag var Åsa nummer två. Då såg han hånfull ut och gjorde fula grimaser."

"Jag vet inte vad jag har gjort er pappa för ont. Men hans attityd är en person som ser sig i spegeln och älskar bara den personen. Elakheter var han duktig på. Konstigt nog var han inte utstuderad elak hemma i Sverige, inte som jag minns. Men han gick under ytan med ord. Svåra elakheter kom mer i slutet av vår historia. Jag förstår inte hur jag kunde missa hans allvarliga problem."

Lillasyster Noelle berättade att hon stöttade sin storasyster när hon såg hur Lova behandlades. För att ingen av dem skulle få stryk försökte hon trolla för att hålla de vuxna på gott humör. Som en kameleont, hade Hope frågat dem. När det gällde Noa tog de hand om sin lillebror. Ibland slogs han med dem och skolkamrater. Vissa tillfällen hade de inte orkat med honom. Kontinuerligt hade deras pappa och hans fru påverkat Noa negativt. Detta bestod av att Noa ljög för dem och alla andra. Skvallrade om allt viktigt, oviktigt eller påhittat mest för att få uppmärksamhet. Men även Noa var rädd för pappa med fru. Som tur var de sällan hemma. När de väl var hemma umgicks de inte. Ingen lyssnade på dem. Ingen vuxen att ställa frågor till eller någon som var trygg. Rädsla skapades i det kyliga hemmet. Ensamheten och språket hade varit svårast i ett främmande land. De fick inte umgås med jämnåriga. Tant Zoe tyckte inte om barn. Ville helst inte att de fanns i huset. Det fanns gånger deras pappa var snäll. Men då hade Lova haft svårt att lita på honom.

När Hope frågade om tonårsuppror som var normalt för deras ålder väntade hon ängsligt på svar. Lova hade fått nya kläder, men ville inte bli tvingad att mannekänga framför de vuxna och deras gäster. I stället käftade hon emot och satte upp sig mot fadern och hans fru. Senare fick Lova se på när Noelle blev svårt misshandlad. Pappa hade blivit elak och hånfull. Ansiktsuttrycket gjorde dem rädda, men frun kändes värre. I hennes närhet fanns ett sipprande obehag. När hon var hemma tystnade de. Gullebarnet blev Noa, han fick allt han pekade på. Var han oförskämd och elak mot andra skrattade bara de vuxna, till och med lärde honom tricks hur han kunde lura människor.

Förfärad tittade Hope på sina döttrar. Nu förstod hon varför Noa ständigt fick raseriutbrott. Daniel ville ha en allierad och det blev deras lille son. Ett litet barn som påverkades av fjäsk och leksaker.

"Du sa, när pappa slog Noelle. Menade du misshandel med många slag?"

"Ett svullet öga. Blåmärken över kroppen. Noelle kunde knappt ligga ned när hon skulle sova. Vi hade ingen att gå till. Ingen vi litade på. I början var språksvårigheterna värst. Första året grät vi varje dag efter dig."

Alla tre grät tillsammans och torkade varandras tårar.

"Noelle, du blev svårt misshandlad av en person som du ska vara trygg med. Sådana människor ska ni aldrig mer behöva träffa. Er pappa är inte värd så fina människor som er två." Återigen fylldes Hopes ögon med tårar som snabbt droppade över.

"Gråt inte, mamma. Det är inte ditt fel."

"Jo, det är mitt fel. Jag är arg och ledsen. Tyvärr blev vi alla lurade. Han misshandlade ett barn, inte en lika stor person. Men man misshandlar ingen."

"Pappa förändrades när du lämnade oss, mamma. Vi förlorade både dig och pappa. Något vi två visste var att du

11

stod för kärlek, trygghet och uppfostran. Vi var trygga med dig. När du hamnade i fängelset var pappa skadeglad. För varje gång du blev skadad berättade han det, men också att det var han som stod bakom skadorna. Sådant kunde hända oss om vi inte gjorde som han eller frun krävde. I början skrek Noa efter dig dygnet runt, men varje gång han skrek fick han smäll av pappa eller tant Zoe. Till slut tystnade han. Det var då han började bli elak och gjorde allt som pappa sa. På nätterna var han väldigt rädd."

"Jag är förfärligt ledsen över vad ni har fått gå igenom. Förlåt mig", viskade Hope.

"Det var inte ditt fel, mamma."

"Du sa mannekänga. Vad menade du med? Berätta ärligt, även om jag blir ledsen och upprörd." Det var knappt Hope vågade fråga.

"Jag skulle klä mig på ett visst sätt. Allt för att behaga en man. Det sa pappas fru, tant Zoe. När jag kände obehag log hon hånfullt. Mormor och morfar kom i rätt tid."

En rörelse i draperiet gjorde att Hope lyfte sin tårögda blick. Eve stod med tårar i ögonen och skakade på sitt huvud. Gick tyst därifrån. De pratade engelska. Ett språk som barnen kunde bäst. Samtalet fortsatte lugnt. Senare berättade Hope för Eve vad de hade pratat om.

Tidigt nästa morgon hade Hope ett långt samtal med Eve om vad som skulle komma att ske. Eve nickade och förstod. Advokaten ville träffa henne i Sydney. Tur och retur med buss skulle ta lång tid. Hon skulle bli borta två högst tre nätter. Eventuellt ett besök i fängelset hos Daniel, beroende på vad advokaten hade att säga. Flyget från Sydney skulle ta henne till fängelset.

12

Noa fick reda på att Hope var tvungen att åka fick han sitt sedvanliga raseriutbrott. Det hade varit för många av dem. Hope lät honom vara. Efter utbrottet fick han sitta länge i hennes famn. Vinkade till sig Eve och döttrarna, de skulle titta på kattungarna. Hope tog upp en kattunge och smekte den. Kattmamman tittade bedjande på henne. Hope förklarade för sin son hur viktigt det var med kärlek till alla levande väsen. Pekade på kattmamman sedan på sig själv och Noa. När Noa lämnade dem för att sparka boll pratade Hope med flickorna.

"Det finns inga ursäkter för hur er bror beter sig. Ni får inte glömma att han var väldigt liten när ni flyttade med er pappa. Ni är äldre och minns mig, ni visste att jag var er mamma. Jag har förklarat för er olika beteenden och olika uppfostringsmetoder. Visa kärlek, en fast hand, men låt honom vara när han blir arg. Låt honom skrika och gapa. Men aldrig att han får skada en levande varelse. Ni vet att jag har lärt honom slå på bildäcket som hänger därute. Då måste han ha handskarna. När han är helt slut kramar ni varandra. Tvinga honom inte. Hans utbrott kommer förhoppningsvis att ebba ut. Berätta för mig hur det har gått när jag har kommit hem. Ring mig bara i nödfall. Förstår ni? I nödfall."

Flickorna såg allvarliga ut och förstod sitt ansvar. Med bollen under sin arm var Noa tillbaka hos dem.

"Mamma, vi älskar dig. Det viktigaste är att du kommer hem. Stressa inte. Vi säger hejdå nu. Noa, vi ska gå till farmen. Krama mamma." Genast slängde han sig om sin mamma och kramade hårt. "Kör Eve dig till busstationen?"

"Ja, Eve kör mig. Jag älskar er också. Ni ska veta att jag är otroligt stolt över var och en av er. Ni är fantastiska. Tack. Gå till djuren", sa hon och log.

"Åker du för att jag är elak, mamma? Förlåt. Kom hem till mig", sa plötsligt Noa bedjande.

"Jag kommer hem, Noa. Kom ihåg att jag är som en kattmamma och älskar mina ungar."

Häpet tittade kvinnorna på varandra och log. Efter alla kramar och hejdå vandrade ungarna till farmen. Eves dotter och svärson tyckte det var trevligt när barnen kom. Deras två barn var i samma ålder. Tack och lov för dem, tänkte Hope. Med tårar i ögonen tittade hon på Eve. Förhoppningsvis kunde djur och natur hjälpa till att läka dem.

"Mitt liv är rörigt. Huvudet känns ännu rörigare. Från ena dagen till den andra minns jag knappt vilket namn jag har. Jag känner en otrolig ångest över vad mina barn har blivit utsatta för. Nu vill advokaten träffa mig. Värsta tänkbara scenariot är att advokaten berättar att de är tvungna att släppa Daniel. Australien har inga bevis. Då kommer jag säga till dem att min enda chans är att träffa honom i fängelset."

Bara tanken på det blev hon skrämd. Orken och energin för att utsättas för stress var slut. Eve kramade Hope länge och väl.

"Innan du möter honom ta djupa andetag och stäng av alla känslor. När fängelseportarna stängs om dig blir det skrämmande. Likaså när du träffar honom. Han försökte döda dig genom andra och hotade dig via en mobil. Likadant gjorde han mot dina barn. Låt inget av det ta över för

14

vem du ska möta. Visa dig inte nervös eller rädd. Då hugger han direkt. Var iskall. För er framtid, Hope."

"Tack, Eve. Jag tar bussen till Sydney. Kan inte med att be Peter om hjälp, även om det är hans jobb. Det är många timmars bilkörning och han har ställt upp alldeles för mycket."

"Du är en stolt kvinna. Låt inte stoltheten sätta fälla för dig."

Nu fick Eve ett svagt leende från Hope.

"Du har rätt, men stoltheten får mig att komma långt och stoltheten tillåter mig inte utnyttja andra människor." Hon tittade till på Eve. "I alla fall inte för länge."

"Du kommer aldrig att utnyttja någon. Vänta med att flytta till ett eget hem tills du och dina barn är färdiga med var ni vill bo. Jag förstår att du vill ha ett eget hem. Stressa inte. Jag har saknat dig från fängelsetiden. Det är underbart att ha er här."

"Vi har varit här i en månad. Tiden går. Jag kan inte leva på dig längre."

"All den hjälp ni ger oss underlättar. Ni sliter på farmen hela dagarna och betalar för maten. Till och med Noa hjälper till. För att inte tala om hur du sköter barnens undervisning och din egen. Du är enastående."

"Tack Eve. Jag vill att mina barn ska överleva sina trauman. Min dröm handlar om att starta ett nytt liv. Ett lugnt och tryggt liv. Barnen måste få en nystart och landa i en miljö som bara är vår. Om de vill åka hem till Sverige då åker vi. Jag längtar ständigt efter mitt hemland."

"När rättegången sker med Daniel kan den pågå länge. Du kanske får resa hit i omgångar. Antingen flyttar du med barnen till Sverige eller så stannar ni här i Australien under ett tag. Brevet du fick från myndigheten har ni erbjudits att stanna i landet."

"Tills rättegången är över och högst ett år. Får vi permanent uppehållstillstånd och om barnen vill stanna i Australien får jag tänka om. Jag får bli en kameleont", sa Hope och tänkte på lilla Noelle. Då log hon.

"Ja, jag trodde aldrig att jag skulle bli en landsortsbo", mumlade Eve.

"Jag måste köpa lite kläder. Bland annat långbyxor och en hoodie. Det är kyligt under sena kvällar och nätter. Efter flykten från Singapore fick jag bara med mig ett ombyte kläder i tygkassen plus extra trosor. Kläderna börjar bli slitna efter allt tvättande."

Hope gick in i huset. Slängde på sig en lånad morgonrock. Tvättade upp sina kläder och hängde ut dessa i solen. Duschade. Satte sig ute en stund. Gick in i sovrummet. Tog upp sin tvättade och strukna tygryggsäck, lade ned sitt rena ombyte med kläder. Toalettartiklarna trycktes ned i en plastpåse. Eve skulle köra henne till busshållplatsen i Dorrigo. Ett bussbyte och nästa gick till Sydney.

Kartan från tidigare besök i Sydney plockades upp. Ytterligare en karta ramlade ur den andra. Den var över Australien. Givetvis studerade hon båda och läste innantill. Trött, så trött, men förstod att det kanske blev ett liv i Australien tills vidare. Antagligen fler rättegångar och vittnesmål som kunde ta tid. Ett vemodigt leende visade sig. Här sitter en ensamstående kvinna med tre barn och funderade i vilket land familjen skulle bo i. De fick stanna i landet, men

16

det stod kryptiskt i brevet. Varken Eve eller hon själv förstod vad det innebar.

Eve körde henne till busshållplatsen. Efter byte av buss tog det ett antal timmar tills bussen körde in på en bussterminal i Sydney. Först där bokade hon en natt på hotell. Den låg på en tvärgata inte långt ifrån advokatkontoret i stadsdelen Central Business District. Längre bort ute på en udde låg Operahuset. Nu fanns ingen möjlighet. Överlevnad för familjen var viktigast.

Köpte biljetter till spårvagnen i en lucka. Andäktigt steg hon på vagnen. När hon blundade kändes det som att sitta på en spårvagn hemma i Göteborg. Skillnaden var den sköna värmen. Efter att ha åkt fel och även gått åt fel håll på gatan kom hon äntligen fram och checkade in på hotellet. På samma gata låg en liten restaurang. Innan hon gick ut ringdes ett snabbt samtal till barnen. Tio minuter senare var hon ute på gatan igen och satte sig på restaurangen. Efter den goda middagen blev hon alldeles för mätt. Gick en stilla promenad runt gatorna i närheten av hotellet. Stora gator med mycket träd, små parker och däremellan mindre gator. Trevlig omgivning. Ofta såg hon sig runt för att hitta tillbaka. Visserligen kunde hon få hjälp av Google Maps, men övning ger färdighet tänkte hon. Promenerade från hotellet och till advokatkontoret för att checka av tiden. Fem minuter senare var hon framme. Gick förbi. Såg sig inte om.

Det hade stått i tidningar vilka advokatbyråer som var uttagna för den kriminella ligan Octopus. Rädd för att bli skuggad lämnade hon kvarteret. Läste på en skylt. En pub. Advokatkontoret låg inte långt därifrån. Gick in. Satte sig på en plats längst in vid sidan av bardisken. Där såg hon ingången och människor som kom och gick. Under en kvart satt hon och bara fanns till. Kände att hon kopplade av. Kvällen var på väg. Ett sms kom. Hon kikade på mobilen och log. Ett foto på advokaten kom från Peter. Han visste att hon skulle dit. Omtanken spred en värme i kroppen. Pub-dörren öppnades flera gånger. Kontorsfolk klev in. Hope ryckte till. Såg mannen på fotot mellan personerna som stod eller satt vid bardisken. Advokaten med sällskap satte sig vid ett bord. Det var honom hon skulle träffa nästa dag.

En man trängde sig in och satte sig på barstolen jämte Hope. Besvärat flyttade hon sig lite bakåt. När hon märkte hans förehavande blev oron större. Någon av advokaterna var antagligen skuggade. Försiktigt tog hon upp mobilen. Tryckte på kameran. Knäppte en bild på honom. Pratade några ord med kyparen att hon skulle återkomma. Mannen nickade. På väg till toaletten stannade hon till. Läste intres-serat på skyltar och tavlor som hängde på väggarna. En del historia om gatan kunde man utläsa. Med mobilen i handen tog hon ett foto på en av tavlorna, vände på kameran och tog även ett foto över axeln där mannen satt. Ingen bra bild, konstaterade hon, och gick till toaletten. Foton och sms skickades till Peter. Dessa togs bort så fort de var skickade.

Under spårvagnsfärden tidigare hade hon sett fantas-tiska ställen. Som vackra hus, fina små torg med vackra blommor och mindre parker. Foton hade tagits som skulle visas hemma. Med tanke på morgondagen och mannen som satt jämte henne ville hon vara kvar och hitta en lösning. Det skulle vara hemskt om mannen såg henne nästa dag och anade oråd. Återigen satte hon sig på sin plats och beställde en öl till. Lugnt bläddrade hon bland bilderna i mobilen

18

som var tagna på vackra och ovanliga blommor. Hoppades att mannen slängde en blick.

Personer kom och gick. Tjugo minuter senare såg hon Peter, men han tittade inte efter henne. Inte heller på advokaten. Hope såg inte var han satte sig. Jämte henne satt mannen kvar och fingrade på sin mobil. Då böjde hon sig försiktigt fram och tittade fort. Memorerade siffror samt ett namn som stod i displayen. Drog sig sakta bakåt. Sms:ade Peter om dessa uppgifter och tog direkt bort sina sms. Advokaten med sällskap reste sig och gick, även mannen jämte henne. Hope satt kvar. Vågade inte röra sig. Peter syntes fortfarande inte. Då förstod hon varför, utanför samtalade mannen med en person. Den personen gick in på puben. Ytterligare ett sms skickades till Peter.

Han svarade fort. *Gå till hotellet och håll dig inne.* För att inte oroa Peter reste hon sig och gick mot dörren. Slängde en snabb blick bakåt. Personen som hade kommit in satt och tittade åt Peters håll.

Skyndsamt gick hon ut. Sms:ade Peter igen. Efter ett par minuter kom svaret. *Vi båda var kanske under uppsikt. Glöm inte att du har vackra blå ögon. Män ser dig.* Då sms:ade hon tillbaka. *Linser. Bruna ögon.* Tummen upp kom tillbaka.

Genast gick hon ifrån puben och in på andra gator. Tog en lång omväg till hotellet. Den sista biten blev nästan i joggingtakt. Blåsan sprängde och hon måste snabbt till toaletten. Tidigt nästa morgon gick hon in i en affär som hon hade gått förbi kvällen innan. Hittade en blus, kjol och kavaj. Såg en vacker bh med tillhörande trosa och tog ett par extra. I nästa våning fanns skor och handväskor. Provade flera olika och betalade. Tillbaka till hotellet bytte hon om. I sitt korta hår hade hon lite gel och kammade det bakåt. Mascara, ögonskugga och läppstift hade hon också köpt. Hon backade, tog på sig nyinköpta glasögon. Såg sig i spegeln. Framför henne stod en person som såg ut att arbeta på ett advokatkontor. Luktade på de nyinköpta kläderna och gjorde en grimas. Kemikalier, men det visste hon inte säkert. Satte på sig sina nya skor med höga klackar. Gick fram och tillbaka på golvet. Tog den nyinköpta handväskan och gick ut från hotellet. Såg sig inte om. Promenerade mot advokatbyrån. Efter alla dagar med tofflor började skoskav genast irritera.

Hope önskade att hon hade ett arbete, men tillståndet gällde inte. Visserligen tacksam för den tid hon kunde få med sina barn, men mer pengar behövdes. Lite ekonomisk hjälp kom från Australien och sattes in på ett konto. Allt som handlades skulle bokföras. Alla kvitton lämnades till Peter. Hope tog bara kvitton från Sydney. Hennes föräldrar hade gett henne och barnen kontanter. Inga kvitton eller bankomatkort användes från Eves närhet. Ingen skulle få hitta dem. Överleva med tre barn och vara förföljd av en internationell liga var inte lätt.

Möjlighet till ett arbetstillstånd skulle hon ta upp med advokaten. Det var pinsamt att leva på andra, tänkte hon. Hela familjen behövde nya kläder. Hemma hade de diskuterat deras ekonomi. Flickorna frågade aldrig om en slant. De förstod allvaret.

Väl inne på advokatkontoret såg hon Peter sitta på en besöksstol i korridoren. Hjärtat värmde att han hade kommit. Högdraget gick hon förbi, nickade vänligt och såg i ögonvrån hur han ryckte till. Då fnissade hon högt av lycka och gick tillbaka. Peter reste sig, de hälsade på varandra.

"Snyggt. Elegant. Du såg ut som advokatens sekreterare."

"Tack. Jag måste snåla och så handlade jag detta. Tänkte en hel del på samtalet med advokaten. Jag ska fråga om jag kan få arbetstillstånd. Efter svaret kan jag och barnen planera den närmsta framtiden."

Peter nickade. Tysta satt de och väntade. Efter tio minuter öppnades dörren. Hjärtat slog hårdare. Nervöst gick hon efter Peter. Stegen ekade och stressen med den. En känsla av att hon återigen skulle bli häktad var hemsk. Advokaten arbetade inom brottsmål. Först förklarade advokaten varför han var tvungen att träffa dem. Tackade Peter för observationen att han var skuggad.

"Som ni förstår är vårt ärende väldigt stort. Jag är inte ensam om att hålla i det här fallet. Vår byrå har ett flertal personer från samma gruppering, varav en är Daniel Berndtzon. Tyvärr har vi bara mindre förseelser på honom här i Australien. När du blev tagen av tullen för narkotika hade du inga bevis att du blev ditsatt." Hope skakade på sitt huvud. "I fängelset blev du överfallen flera gånger. Inga bevis hittades. Har du någon som kan prata för dig? Ett vittne?"

Det hade hon, men aldrig att Eve skulle behöva vittna. Vem trodde på en som hade suttit i fängelse. Hope skulle inte överleva om Eve blev mördad för sitt vittnesmål.

"Nej, där har han faktiskt varit smart. Daniel är streetsmart. Är duktig på lösningar, men sämre på planering. Det som hände i Sverige och senare med narkotikan i

21

Sydney kan inte ha varit hans verk. Någon annan hade planerat detta tillsammans med honom. Kanske var det hans nya fru eller Viktoria. Jag såg aldrig Viktoria i Singapore, men hon var metodisk."

"Polisen har inte hittat henne. Viktoria är internationellt efterlyst för bland annat bedrägeri. Kan förstås gömma sig någonstans i Sydamerika. Synd. Förhören har gett en del, men inte tillräckligt. Få vågar vittna med tanke på hot och repressalier. Vi fick din man enbart för gällande flertalet fortkörningar och obetalda räkningar. Inget vi kan hålla honom fängslad för. Inom någon månad kommer han ut."

"Någon månad? Hur kommer det sig?" flämtade hon fram.

Då log advokaten ironiskt.

"Efter er skilsmässa flyttade han till sin nya rika fru i Singapore. Det är henne han har levt på enligt honom. Var hennes pengar kom ifrån visste han inte. Vad jag förstod var ni fortfarande gifta, han hade alltså förfalskat uppgifterna."

"Ja. Återigen tänkte han på sig själv och offrade sin nya fru. Det kan väl knappast ligan gilla. Inte hon i alla fall."

"Absolut inte. Det var det första jag tänkte på. Jag kan förstås ta upp att han är gift med två kvinnor", mumlade advokaten. "Sverige vill ha honom för förfalskning med mera. De har även mindre brott på honom. En svensk advokat berättade för mig om Daniel får fängelse i Sverige är han snart ute igen."

"Alltså vill han till Sverige", sa Peter lugnt.

Advokaten nickade och tittade med en ledsen blick på Hope.

22

"Kommer han till Sverige har jag ett önskemål att få bo kvar här."

"På grund av allt som har hänt dig i vårt land finns en liten möjlighet."

"Tror du att jag kan få ett tillfälligt arbetstillstånd? Jag vill inte leva på samhället. Jag såg era högar med papper. Du kanske behöver en sekreterare för en dag. Jag är bra på datorer, papper och siffror."

"Jag förstår. Det skulle inte vara dumt med hjälp. Var det ett förslag?" Hope nickade. "Jag ska tänka på det. Vi skickar in en förfrågan om ett tillfälligt arbetstillstånd här i Australien. Språket kan du flytande. Var du civilekonom och revisor? Efter ditt uppehållstillstånd läser du nu distansutbildningar bland annat om lagar. Har jag förstått det rätt? Bra. Fantastiskt."

Återigen log advokaten. Peter var på väg att resa sig när Hope drog djupt efter andan.

"Jag har en fråga till. Om jag får en avlyssningsanordning på mig kan jag besöka Daniel i fängelset. Retar jag honom tillräckligt kan han försäga sig."

"Nej, då får han verkligen veta att du lever. Tänk på dina barn." Peter lät chockad.

"Han vet. Så dum är han inte. Den nya lärarinnan testade han genom att prata svenska, dessutom sa han mitt namn. Han kände igen mig." Hon vände sig mot advokaten. "Jag tror att min man är en narcissist. Om jag får honom förminskad kan han bli galet arg. Får jag honom försäga sig om mordförsöken i fängelset här i Australien blir rättegången här då?"

Advokaten log med ett stort leende.

"Lyckas du är det toppen. Självklart får din man ett längre fängelsestraff här i Australien. Enda trösten jag kan ge dig är om han skickas till Sverige utvisas han från Australien under all framtid."

"När Daniel blir fri i Sverige går han på mina föräldrar och min syster med familj för att straffa mig. Sedan söker han efter mig och barnen oavsett om vi bor kvar i Australien eller inte. En privat båt kan ta honom i land. Han kommer inte att ge upp. Vi är rädda för honom."

"Får du Daniel Berndtzon att försäga sig gör du ett fantastiskt jobb. Polisen fick inga svar under förhören. Ett hånleende och inga kommentarer var det enda han bjöd på. Vi kommer att använda oss av inspelningen, men jag vet inte vad domaren säger om det." Advokaten slog näven i bordet. "Jag var riktigt bekymrad. Med polisens efterforskningar vet vi att han är en smart jävel. En del har vi fått reda på via ryktesvägen. Fruktansvärt om han går fri. Nu sätter vi i gång och vinner mot din man."

Hope hade blivit grå i ansiktet. Händerna darrade. Peter tog hennes hand och höll den hela vägen ner till bilen. Ringde till barnen från Peters bil. Fick även pratat med Eve och berättade att det blev som hon trodde. Peter skulle följa med henne till fängelset där Daniel satt. Innan de åkte till flyget körde han via sitt arbete.

Flyget samma dag tog dem närmare fängelset. Återigen blev det en natt på hotell. Nästa morgon hyrde de en bil och åkte till fängelset. När Hope gick in i fängelset kändes det precis som Eve hade sagt, fängelseporten dånade om henne. Benen blev svaga. Peter och Hope satte sig i besöksrummet. Nervöst drog hon djupa andetag och lät händerna vila på sina ben. En av frågorna var om varför han ville mörda henne.

Nonchalant kom Daniel in. Precis som om han ägde hela världen. Satte sig mittemot dem. Gjorde han så förr, undrade hon ogillande. Ännu hade han inte tittat på Hope. Fängelset var för mindre förseelser. En vakt stod två meter ifrån dem. Polisen hade blivit informerade om samtalet. Advokater som arbetade med Octopus hade gett ett godkännande för besöket. Alla hoppades att hon fick chansen att sätta dit honom. Peter hade fått ett sms från advokaten. Nu presenterade han sig.

"Jag vet inte vem du är. Poliser har jag inget intresse av. Den här mannen är oskyldig", sa Daniel till Peter, pekade på sig själv och såg överlägsen ut. "Vad vill du?" nu hånlog han.

Kvinnan jämte Peter fick en snabb blick. Utseendet förändrades drastiskt. Ansiktet blev stelt och stirrande. Ögonen blev till is. Kroppen såg ut som om han var beredd till anfall. Hatet i hans ögon gjorde ansiktet grymt. Särskilt när Hope lugnt satt kvar och tittade på honom.

"Jag har några frågor ..."

"Jag visste att det var du som var i Singapore. Du är som en gummidocka som studsar upp och ner överallt. Du var en svår jävel att ta död på. Hemma försökte jag flera gånger, i fängelset och ett par gånger på sjukhuset inne i Perth. Jag betalade för din död, ändå misslyckades oduglingarna. Nu vill gummidockan prata med mig. Du hade frågor", svarade han hånfullt och stirrade på henne. "Du har ställt till ett helvete för mig. När jag kommer ut ska jag döda dig. Den här gången ska jag lyckas."

"Prata engelska." Peter knackade på bordet.

"Du ska inte lägga dig i vilket språk jag talar med min fru."

"Tydligen är du inte tillräckligt intelligent och kan engelska", flinade Peter föraktfullt.

Helt lugn satt Peter mittemot honom. Hela vägen till fängelset hade Hope berättat vem personen Daniel var och vad hon hade läst inom psykologin. Nu förstod hon att Peter visste bättre efter all sin erfarenhet. *Gör honom arg*, ekade hennes inre röst. De hade honom på band, men Peter ville ha mer.

"Du har inte lyckats ta död på mig. Tack vare min intelligens har jag överlevt. Detsamma kan jag inte säga om dig. Du är som en blodigel och hänger upp dig på andra. Du märkte min intelligens. Behöver jag fortsätta?" Daniel såg ilsken ut, men inte tillräckligt. "Numer jämför jag dig med en amöba som tack vare andra kan leva. Du levde på mig och du lever på din nya fru. För mig är du ingen man, du är en ynkrygg. Ryggradslös. Viljelös. Ett kräk." En lätt spark på hennes fot, hon besinnade sig och sänkte rösten. "Utanpå är du snygg, men på insidan är du riktigt rutten. Räcker det?" frågade hon och grimaserade fult med hela ansiktet. "Behöver jag översätta till svenska vad amöba betyder, men du kanske inte förstår då heller?"

Daniel flög upp och såg ilsken ut, men vakten sa till på skarpen. Ögonen lågade av hat. På grund av det tittade hon än mer lugnt på honom. Lika lugn var hennes röst. Men de knäppta händerna darrade under bordet.

"Jag har mer makt än du vet om. Du tilltalar inte mig på det sättet. Ditt huvud ska jag ha på ett fat."

26

Rösten lät hård.

"Låtsasmakt", skrattade hon elakt. "Varför hatar du mig så löjligt mycket?"

"Jag lurade dig med lägenhetsförsäljningen. Sparpengarna. Pengarna på ditt jobb. Jag stal allt du hade och dina barn. Ovanpå moset satte jag dig i fängelset. Du fick många år för knarket som jag beordrade Viktoria ge dig. Dum som vanligt hjälpte du henne och bar på den blå kassen. Och du säger att jag är dum."

Genast avbröt hon honom.

"En sak är jag säker på. Du hade inte planerat allt det där. Du är inte tillräckligt intelligent för det."

"Du vet hur nära det var att du blev dödad. Nästa gång tar jag dig. Så här lätt går det." Han knäppte med fingrarna. "Du kan inte gå säker någonstans. Jag ska ringa om ett mordkontrakt på dig och dina barn. Vet du inte varför jag hatar dig? Du ljuger." Häpet blinkade hon flera gånger. Då vände han sig mot Peter. "Lita inte på den där horan. Hon ljuger mest hela tiden."

"Om vad?" frågade hon bedjande. Ytterligare en spark på foten. Då hostade hon till och började om. "Exakt vad har jag ljugit om", frågade hon hånfullt.

Som Daniel bemötte henne blev han bemött. Käken på honom blev alltmer spänd. En narcissist kan ljuga och bedra hur lätt som helst. Men två gånger hade hon fått honom ur balans. Den här gången öppnade han munnen och spottade ut orden.

"Vad är du för en mes som låter henne prata på det sättet?" sa Daniel uppfodrande till Peter.

27

"För att hon är en intelligent och självständig kvinna. Berätta nu för henne varför du försökte mörda henne. Är det för att hon är intelligentare än du?"

"Hon vägrade flytta med mig till Singapore. Två gånger sa hon nej. Hon gjorde bort mig inför andra. Jag hatar henne!"

"Singapore ligger långt hemifrån, Daniel." Hope tappade hakan av hans hat.

"Med dig kunde jag ha blivit stor i Singapore."

"I Madrid också. Spanien ligger närmare Sverige", mumlade Hope.

Peter böjde på sitt huvud.

"Sista gången gav du mig en order att flytta med till Singapore. Jag blev orolig och sa nej."

"Var det därför du var otrogen mot mig? Den där gamla klasskamraten du träffade ett par gånger varje år. Jag vet att ni åt middag ihop. Du ljög för mig."

"Jag berättade allt för dig, men du lyssnade inte. Vi diskuterade nya lagar och tillämpningar. Utbytte erfarenheter. Båda hade nytta av det i vårt arbete. Jag har aldrig varit otrogen eller ljugit för dig. Däremot fick jag höra att du var otrogen. Med vem?"

Då flinade han elakt och sa till vakten. Peter och Hope gick därifrån. Benen skakade av anspänning. Bildörrarna smälldes igen. Med darrande händer försökte Hope få bort sladdarna och drog i dem.

"Mörda mig för att jag inte flyttade med till Singapore. Han är inte klok. Honom är jag fortfarande gift med. Jag behöver kräkas", viskade hon med en lika darrande röst som händerna skakade.

"Vänta, jag hjälper dig. Du var fantastisk därinne."

Avlyssningsanordningen togs bort. Angående Daniels hot ringde Peter ett par samtal. De körde bort från fängelset.

"Vet du vad jag tänkte på när han satt mittemot mig?"

"Nej", sa Peter och slängde en undrande blick på henne.

"Den galningen är fortfarande min man. Åh, jag ryser. Min man. Hur fort kan en skilsmässa gå igenom?" Hon masserade sina frusna armar och ben.

"Skilj dig inte. Dör han får du och barnen ärva honom."

"Jag vill inte ha hans knark och mordpengar."

"Knarkpengarna finns säkert utspridda i många länder. Om dessa länder inte konfiskerar hans tillgångar kan ni leva länge på dem. Barnen får en bra utbildning. Annars kan du skänka pengarna till välgörenhet."

Under en bra stund var det tyst i bilen.

"Peter, jag kan inte vara gift med honom, även om det så bara är på papperet. Den idioten hatade mig för att jag inte ville flytta. Vad hade hänt i Singapore om jag hade flyttat dit? Jag avskyr kriminalitet. I Sverige blir ungefär en kvinna mördad per månad och då handlar det enbart om parrelation. Skrämmande."

"Ja, verkligen. En del kvinnor har skilt sig eller gått isär. Den tidigare mannen mördar eller förföljer dem. Då är det inte längre en parrelation. Även kvinnor mördar. Mörkertal, min vän."

"När barnen blir äldre och klarar sig själva kommer jag att dö. Jag kommer sitta med posttraumatisk stress helt orkeslös i en gungstol. Min kropp och själ har förtorkat på grund av förföljelse med hot och död. För att den där mannen ständigt hotar mig. Två gånger har jag varit nära döden."

Ett gapskratt ekade ut i bilen. Peter fick en irriterad blick. "Jag kan inte se dig sitta i en gungstol. Förtorkad. Den var bra." Han slängde en blick på henne. "Du ser riktigt förbannad ut."

Återigen vällde gapskratt ur honom. Bilen kördes åt sidan. Peter fick gå ur bilen. Hängde över bildörren och tjöt av skratt.

"Vad är det för fel på dig", skrek hon förnärmat.

"Min fina och vackra Åsa, Lisa, Hope, du skulle aldrig sitta förtorkad i en gungstol och invänta döden. Du är en kämpe och har en järnvilja. Du är och har varit tre personer. När du blir äldre får du barnbarn att ta hand om. Dina barn kommer alltid att behöva dig. Du är en järnlady."

"Järn kan rosta", muttrade hon. "Om jag ska bli en person som ska klara av den här ligan måste jag bli bättre på datorernas värld. Företagsvärlden kan jag, kanske inte här, men att kunna mer är aldrig fel. Lärare har jag provat på som du vet, men jag vågar mig inte ut bland folk. Jo, om jag ska fortsätta som revisor och civilekonom måste jag kunna mer om Australiens lagar när det gäller företagsvärlden. I fängelset pluggade jag en hel del inom affärsvärlden. Jag gillar aktier och fonder."

Tankarna florerade i huvudet med många olika slags planer. Barnen måste vara involverade. Peter startade bilen.

"Där ser du, ett skratt kan göra underverk. Jag visste att du skulle göra en restart."

Flera gånger tittade hon på honom. Kände en stor tacksamhet mot denne fina man. Tröstens ord. Tröstens armar.

Trevliga samtal. Men ändå drömde hon om Robin i Sverige. Pirret i magen. Känslor som väcktes till liv bara när han tittade på henne. En smekning på armen och hon höll på att smälta in i Robins famn. Mot dem Hope tyckte om gav hon allt och även sin ärlighet. Fortfarande var hon en vänlig person, men inte längre godtrogen.

"Peter?" Han slängde en snabb blick på henne. "Jag vill tacka dig för allt. Du ger mig ständigt nytt hopp och en stor trygghet. Jag tycker väldigt mycket om dig. Innan jag reste hit mötte jag polismannen Robin hemma i Sverige. Jag tänker ofta på honom." Förfärat tittade hon till på Peter. "Jag menade inte som om du och jag skulle leva ihop. Inte heller med Robin. Du vill inte ha en kvinna med tre barn. Vi har ett jättestort problem. Du vill heller inte ha mig för att jag kanske tycker om en annan. Kanske alltså ... Jag ska nog sluta prata."

Med sitt stammande och ett illrött ansikte av genans avbröt hon sig. Vad hon än sa trasslade hon till sina tankar och känslor.

"Jag tar ansvar för mitt liv och mina känslor. Om jag vill ha en kvinna med tre barn som har ett trassligt liv är det också upp till mig. Robin hade känslor för dig. Det sa han till mig när vi träffades på polishuset i Sydney." Peters röst var oändligt vänlig.

En ovanlig känsla av tysthet kom upp mellan dem. Den gjorde ont i Hope.

"Förlåt, snälla du. Förlåt mig. Jag vet att jag är ett jobb för dig, vilket jag för stunden glömde av. Jag har varit tyken och elak mot dig, men jag hoppas att du inte tycker illa om mig. Du är en väldigt fin människa."

"Du har haft det fruktansvärt under ett antal år. Inte heller har du kunnat prata ut med din man. Jag förstår dig mer än du tror. Tro mig, du är inte en elak person. Du är en av de finaste kvinnor jag mött. Det är inte konstigt att vissa känslor väcks till liv för olika stressande situationer. Ja, du är mitt jobb, men jag bad särskilt om att få vara din kontaktperson."

"Åh, tusen tack för dina fina ord. Peter?"

"Ja."

"Jag är orolig för min Noa. Ibland känns det som om han ger mig all kärlek, men ibland kan han vara riktigt elak. Det är precis som om han inte vet hur han ska interagera med oss övriga."

"På vilket sätt?"

"Kan Noa bli som Daniel? Han var bara tre år när han togs ifrån mig. Tyvärr får han svåra raseriutbrott och slår vilt. Ljuger om olika saker. Precis som Daniel", det sista viskade hon.

"Det är inte konstigt med tanke på åren hos Daniel och dennes fru, vilket måste ha präglat honom djupt. Du har läst psykologi och tyckte det var intressant. Fortsätt att hitta lösningar för din son. Du berättade vad flickorna hade sagt till dig. Det är som du sa, han var liten, han är fortfarande liten. Ha tålamod."

"Jag måste arbeta också. Inget i livet är gratis. Mina barn behöver individuellt gå till en barnpsykolog. Min son får absolut inte bli en ny Daniel", sa hon stressat.

En varm hand lades ovanpå hennes.

"Det blir han inte. Du påverkar dina barn genom dina handlingar och all din kärlek. För att överleva hos sin pappa och dennes fru tvingades din son lära sig att ljuga. Tänk så."

Peter var en fåordig man, när han pratade lyssnade hon.

"Jag är rädd", viskade hon.

"Samtal och åter samtal. Glöm inte att samtal kan bli tjatiga. Visa intresse för varje sak och detalj de pratar om. Diskutera."

"Gjorde dina föräldrar så med dig."

"Nej."

Inget mer sa han. Peter ville inte berätta om sitt liv. Det hade hon förstått.

"Om jag förstod advokaten rätt hade Daniel satt sin singaporianska fru i klistret. Tänkte han inte på repressalier från henne."

"Nej, han tänkte bara på sitt bästa. Vad ska hända den store Daniel. Sätter han dit sin singaporianska fru är det han som klarar sig. Samtalen jag ringde in var för hans nya hot mot dig och barnen. Allt vi pratade om är inspelat via våra datorer."

"Tur att han inte såg manicken i min nacke. Så modernt allt är. Signalen skickades till din dator i hyrbilen och vidare till ditt jobb."

Lugnt körde han ut från fängelseområdet och mot flygplatsen. Fyra timmar senare var de i Sydney. Peter släppte av Hope vid busstationen inne i Sydney. Därefter körde han snabbt mot sitt arbete. Ensam stod hon kvar och tittade efter honom. En blick gick till klockan. Om två timmar skulle bussen gå. Eves svärson skulle hämta upp henne på natten. Skyndsamt gick hon mellan några hus. Promenerade i tio minuter och kom till ett varuhus som hon hade läst om. Köpte presenter till barnen och Eves barnbarn. I fängelset hade Eve drömt om en köksmaskin med kvarn. Den var dyr, framför allt tung. Men det var den enda vettiga gåva hon kunde ge. En mindre dragkärra inköptes. Det tunga paketet ställdes på den. Med sig hade hon flertalet presenter. Trosor, t-shirts, långbyxor och hoddies till var och en. Barnen hade flera ombyten med kläder men vissa kvällar var det kallt. Nästa gång de skulle till stan ville flickorna välja sina kläder själva.

Sent på natten släppte svärsonen av henne vid Eves hem. En fin whiskyflaska fick han som tack plus en present till barnen. Hennes egna barn väntade tillsammans med Eve. Efter många och långa kramar, dessutom en liten pojke som inte ville släppa sin mamma, lämnade hon presenter till var och en. Med stora ögon tittade de på Eves present. Den var störst. De blev väldigt glada för sina presenter. Lova fick smink och borstar med tillhörande toalettväska. Noelle tog på sig sin tuffa t-shirt och sköna hoddie. Även lillebror fick en häftig t-shirt. Deras nya underkläder hade hon lagt i varje påse. Nu var det Eves tur att öppna sin present. Tårar föll från hennes kinder.

"Gråter du för att mamma var snäll?" frågade Noa barnsligt.

"Din mamma har alltid varit snäll. En sådan maskin har jag önskat mig i många år. Nu när jag har maskinen kan jag baka, göra egen korv, köttfärs och soppor."

"Wow", sa han och såg mäkta imponerad ut.

Hope tittade på sitt yngsta barn, kanske Peter ändå hade rätt. Alla gick och la sig, de vaknade på förmiddagen.

När de åt frukost ringde mobilen.

"Hej Peter! Ja. Nej. Vad sa advokaten? Okej. Tack. Hej."

Tveksamt började Hope berätta om deras pappa, men blev snabbt avbruten av barnens frågor.

"Han hittar väl oss inte?" frågade Noelle nervöst och darrade på rösten.

"Jag vill vara hos dig, mamma", sa lille Noa och klängde sig fast.

I sin tur tittade Lova ner på altanen. Hennes händer darrade synligt. Bara för det fick Hope tårar i ögonen. Snabbt berättade hon om sitt besök hos advokaten. Tvekande berättade hon om sin och Peters resa till fängelset där deras pappa var och varför hon gjorde resan.

"Advokaten måste lyssna på inspelningar och kan i dagsläget inget säga. Vad som än händer i framtiden kan ingen sia om. Om er pappa kommer ut från fängelset skickas han genast till Sverige och får aldrig mer komma tillbaka hit. Får han fängelse i Australien kan straffet bli långvarigt. Har vi otur gäller fängelsevistelsen bara för några månader." Genast sprang Lova in i sitt rum. "Snälla Lova, kom tillbaka. Vi behöver prata."

Noelle sprang in och hämtade Lova som följde med tillbaka ut. Ögonen var rödsprängda och svullna. Hon hade gråtit. Forskande tittade Hope på sin äldsta dotter.

"Lova är du ledsen för pappa", frågade Noa.

"Nej. Jag hatar honom."

"Är du lättad?" frågade Hope försiktigt.

"Om jag inte gjorde vad han sa skulle han se till att jag försvann. Precis som din mamma sa han. Jag vill inte prata om det. Inte nu", viskade Lova och tittade skyggt på syskonen.

"Det är lugnt, Lova. Jag är här hos dig. Vi tar en sak i taget", sa lillasystern snusförnuftigt.

Ord som Hope för länge sedan hade sagt till barnen hemma i Sverige.

"Ni ska aldrig behöva se honom igen. Den dagen jag ska vittna kommer jag att synas i alla tidningar. Ligan är internationell och har kontakter överallt, bland rika och fattiga. Mycket kommer att stå om er pappa och vad han lever på. Men också vad han gjorde mot mig. Plus mina år i fängelset. Vi kommer att synas i alla tidningar. Det här är stort. Människor kommer att få kännedom om oss. Vem ska de tro på? Risken för mobbning ökar. Vi måste bli som kameleonter. Naturligtvis ska vi inte ljuga, men frisera sanningen lite. Kanske får vi flytta ett par gånger. Förstår ni?"

"Vad menade du med kameleont och frisera sanningen?"

"Ändra hårfärg. Ha glasögon. Se lite annorlunda ut. Därför måste ni lära er att prata med den australiensiska dialekten. Folk läser i tidningar och på nätet. De kanske ser bilder på mig. Jag kommer troligen att bli igenkänd. Vi är tillsammans. De både ser och förstår att ni är mina barn."

Hope tog fram sin I-pad, en gåva från Peter, och visade peruker. Förklarade vad hon hade lärt sig. Nu gick hon mer in i detalj hur hon hade tänkt sig för familjen. Berättade varför det var viktigt att bo i en stad. Ville också att barnen skulle vara delaktiga i besluten.

"Vi trivs här, mamma", viskade Noelle och såg ledsen ut.

"Lova, vad önskar du?"

"Jag trivs också. Här får man ro i själen. Fast jag saknar vänner. När jag börjar skolan får jag åka en längre väg. Det är förstås tråkigt."

"Jag tycker om att springa runt omkring här", skrek Noa högt.

"Jag måste försörja oss. Frågan är om jag får ett arbete här i Dorrigo. Hur roligt är det att börja skolan och sedan få byta efter ett kort tag. Tills vidare får vi bo i Australien. Jag tar hänsyn till era önskningar."

"Om pappa kommer till Sverige vill jag bo i Australien", viskade Lova.

"Vi måste fortfarande gömma oss. I alla fall för ett tag till. Kommer ni ihåg Viktoria som flyttade med pappa till Singapore?"

"Ett tag jobbade hon som barnflicka hos oss. Men Singapore godkände inte att hon stannade. Det sa hon. En dag var hon borta", berättade Lova.

"Sa hon inte hejdå till er? Var hon snäll mot er?"

"Nej, hon sa inte hejdå. Vi såg henne nästan aldrig", svarade Noelle snabbt.

"Vi lever i ett läge där vi inte alltid kan lita på folk. Vi måste fortsätta vara försiktiga." Barnen tittade på Eve. "Eve, hennes familj, Peter och vår familj är de få personer jag litar mest på."

"Er mamma har rätt. Tänk om någon kom och skrämde oss. Vad gör ni när ni blir skrämda eller tar ett tag om er?"

"Jag springer min väg och skriker. Sedan tar jag mitt svärd och fäktar ner alla farliga människor." Efter Noas utbrott började de skratta högt.

Timmarna gick, de städade ute och inne. När de var klara satte de sig och fikade på altanen. Mobilen ringde igen.

"Hej Peter."

Tyst lyssnade hon. Mumlade hejdå. Knäppte av mobilen och andades djupt några gånger. Alla stirrade på henne.

"Vi pratade om farliga människor. De känner till var vi bor och är på väg. Nu måste vi lära oss hur vi ska agera. Bli inte rädda. Huvudsaken att vi är tillsammans."

Kapitel 2

"Jag ringer min dotter", sa Eve oroat.

"Mamma, vi kan gömma oss i höet."

"Det var en bra idé, Noelle. Men vi kan inte gömma oss där."

"Noelle, mamma vill inte skrämma oss. Risken är att de där farliga människorna bränner ned husen", sa Lova uppriktigt.

Rädslan steg hos barnen. Noa kissade ner sig.

"Kom Noa, jag hjälper dig att byta om."

"Hope, det har kommit poliser till min dotters hus. Ett antal poliser är på väg hit. De visade legitimationer."

Fortfarande var Hope tyst. Det stod helt still i huvudet.

"Mamma, jag hjälper Noa."

När Lova avbröt hennes tankar ryckte hon till.

"Bra. Tack. Vi packar ned lite mat och vatten. Ta en jacka med er. Jag liter inte på någon, Eve. Ring till din dotter och säg detsamma till henne. Låt polisen ta hand om djuren."

"Jag tror inte att min svärson lämnar sin gård."

"Lyssna här! Min pappa skulle komma hit och överraska oss. Pappa hade ringt till Peter och talade om att han var skuggad. Personerna kände han igen sedan tidigare. I sin tur skulle Peter ordna med poliser, men de kan omöjligt redan ha hunnit hit. Var kom poliserna ifrån? Vet du det?"

"De åkte igenom Bellington och var därför snabbt på plats."

"Vi har inte tid att spekulera, men det låter konstigt att de råkade vara där."

Genast skyndade de sig att packa det viktigaste. Samtliga möttes på baksidan av huset.

"Hoppa in i bilen", viskade Eve. "Vi kör småvägarna till Dorrigo. Du vet att det inte bor mycket folk där. Tyvärr, vet jag inte var vi kan gömma oss."

"Vad säger du om The Glade Picnic Area parks naturområde. Där finns ställen att gömma sig på. Peter med kollegor hinner dit fortare", sa Hope undrande.

"Jag håller med."

Eve bet ihop och tryckte på gasen. Aldrig någonsin hade hon kört så fort. Samtidigt försökte Hope trycka upp numret till Peter. Bilen gungade och hoppade i mindre hål.

"Peter, vi åker till park och naturområdet The Glade Picnic Area. Du har kört förbi där. Ja. Bra. Vi gömmer oss i parken. Ni kommer. Tack. Eve, de kommer och hjälper oss. Men de är inte framme än."

Några mil bort svängde Eve vänster och körde in på parkeringen till parken.

"Ut ur bilen." Hope och Lova tog var sin ryggsäck. "Spring!" ropade Eve, som slängde sig ut, sprang bak till bilen och ryckte upp bakluckan.

Med två gevär under armen sprang Eve efter dem. Motorljud närmade sig alldeles för fort. Barnen sprang före Hope som ville ha koll på dem. Då och då slängde hon en blick bakom sig. Eve tog längre tid och andades högt. Då sprang Lova till henne. Tog ett av gevären och sprang jämte. Alla, till och med Noa, letade efter gömställen. Ett flertal större träd stod tillsammans. Genast sprang de dit. Eve kollade båda gevären.

"Kan du skjuta, Hope?"

"Jag har övat mig, men det var för ett tag sedan."

Det fick bli en snabb instruktion. En man smög fram från sidan. Ingen av dem såg honom. Geväret var direkt riktad mot Hope. Mannen höjde sitt gevär.

"Mamma!" skrek de två yngsta.

Alla blev som förstelnade. Ingen av dem rörde sig. Då ropade Hope.

"Vem är du?"

"Detta är en hälsning från din man."

Plötsligt blev det rörelse och det gick fort.

"Nej!" skrek Hope av rädsla. "Göm dig bakom mig, Lova."

Chockad stod Hope och tittade på sitt äldsta barn och mannen. Vågade inte röra sig ifall mannen sköt på allt som rörde sig.

"Du rör inte min mamma! Jag skjuter dig!" skrek Lova.

Läget på geväret ändrades och riktades mot Lova.

"Ordern var dina barn först. Det ville han. Du skulle lida när du såg dina barn dö", ropade han och tog sikte.

En högljudd smäll och ytterligare en. Mannen föll ihop. Flera män komma springandes. Hysteriskt skrek Hope sina barns namn. Därefter dunsade hon ner på marken. Ungarna slängde sig över henne.

"Mamma. Mamma! Res dig upp."

"Res dig upp, Hope. Där kan du inte ligga och slöa. Vi är kaffesugna", sa Peter lugnt.

"Du hann. Är han död?" viskade hon. Peter nickade.

Barnen släppte sin mamma och slängde sig i Peters famn. Alla på en gång, vilket gjorde att han föll baklänges. Efter det låg han kvar och skrattade högt. Barnen brast ut i skratt.

I sin tur kröp Hope dit. Benen ville inte bära henne. Där satt hon och tittade på sina barn och Peter. En man de bara hade träffat korta stunder. Tårarna droppade i farlig fart. Snoret rann från näsan.

"Du tycks gilla att ligga på marken, Peter. Vad hade du tänkt göra med geväret, Lova?" hickade hon fram.

"Något bra gjorde pappa. Vi fick lära oss att skjuta med olika vapen. Noa också."

Hope hade svårt att få till sig andningen. Mest chockad över att Daniel hade lärt sin lille son att skjuta.

"Om vi blev rånade hemma kunde vi skjuta inbrottstjuven", berättade Noelle, som om ett vapen inte var något problem.

Våld och vapen hade Hope alltid avskytt. Nu var hon tacksam.

"Sluta skratta, Peter. Jag behöver en kram. Vi behöver en kram. Var är du, Eve?"

"Vi står bakom dig."

"Vi?" sa Hope frågande och kröp runt.

När de såg vem som höll om Eve blev det ett nytt kramkalas.

"Morfar, jag har längtat efter dig", skrek Noa. Slängde sig i morfars famn och klappade honom på kinden. Med andra armen höll han ett hårt tag om sitt mjukisdjur Tiger som följde honom överallt.

"Älskade pappa." Hon tittade på sin pappa och blicken gick över till Eve. "Är ni ihop, eller så?"

"Ja, typ", svarade han skrattande. "Eve och jag ska delvis bo ihop, men jag bad henne att vara tyst om det. Jag ville så gärna berätta det själv."

"Nu blev jag uppriktigt glad. Eve, har du hört av din dotter med familj."

"Ja, de lyssnade på oss och gömde sig. Den riktiga polisen kom i full fart. Min svärson vinkade in dem och berättade att de var tre främmande personer på farmen. Två andra hade åkt efter oss."

Hope blev stel i kroppen.

"Vad sa du? Jag har bara sett en här", viskade hon.

"Vi tog en i närheten av er bil. Han sprang när vi kom. Ingen fara, han sitter fängslad i bilen. Våra kollegor hörde av sig nyss. Sammanlagt två döda och två skadade. Vi tog dem."

Lättad sjönk hon ihop. Lova gick fram till Peter och pekade på den döda mannen.

"Först var han på väg att skjuta mamma. Innan han skulle skjuta förmedlade han en hälsning. Beställningen var att först mörda barnen medan mamman såg på och då fick hon lida. Jag är säker på att han hade skjutit Eve också."

"Och jag som inte ens fick upp mitt gevär. Jag kunde knappt andas. Inte förrän ni kom. Tack", svarade Eve med oändlig tacksamhet i rösten.

"Peter, jag blev aldrig rädd", förklarade Noa och klappade på Peters lår. Mamma höll i mig och Noelle. Min storasyster är en riktig tuffing. Mina tjejer är bäst", sa han och log stort.

Då började alla att skratta. Peter ringde in och berättade att de hade filmat allt. Kropparna skulle hämtas, en på gården och en i parken. Ett par av Peters kollegor stannade kvar. Familjen plus Peter och Eve bestämde sig för att ta Eves bil. Tillsammans gick de ned. Peter bar på Noa, som höll om honom ända till bilen. I baksätet blev det väldigt trångt, men de fick plats. De två yngsta fick sitta i knät på de vuxna. Lova satt i mitten.

"Bara ingen har besudlat mitt hem", mumlade Eve som körde.

"Vad betyder det", frågade Noelle artigt.

"Ifall personerna som jagade oss hade varit inne i mitt hus. Fruktansvärt."

"Pappa och jag smög in i två hus. Sista gången höll pappa vakt. Jag fick smyga in själv. Då fick jag en mössa med hål för ögonen. Lova visste inget. Jag fick inte berätta det, men jag gjorde det för att skydda henne. Pappa sa att det var vår grej, han blev ofta arg på Lova. Första gången var ingen hemma. Andra gången sa han att jag skulle hämta ett skrin som låg i en byrålåda i sovrummet. Jag fick verkligen smyga för de sov i sin säng. Det var hemskt."

En djup allvarlig tystnad uppstod.

"Fruktansvärt, Noelle. Gjorde han något med dig, Lova?" frågan ställdes försiktigt av Hope.

"Jag vägrade för jag är ingen tjuv. Då fick jag stryk. Han skrek att han avskydde mig. Du är precis som din mamma. Noelle tvingades göra inbrott och hade det hänt en olycka var det mitt fel. Han sade att jag inte älskade min syster. Men jag gjorde det till slut för pappa hotade att skada Noelle igen. Efteråt kräktes jag. Det finns två människor som jag hatar, pappa och tant Zoe."

"Undra varför han stal i husen", ifrågasatte Hopes pappa.

"Det kan jag svara på", svarade Lova med ett mörkt ansikte. "Ibland umgicks de med grannarna. Pappa försvann hemifrån. Efteråt sa han att det var ett arbete, men han följde några damer hem. Jag såg dem. För jag följde efter. Jag tror att de hade sex. Efteråt stal han pengar för att gömma från henne. Tant Zoe höll pappa hårt. Ingen skvallrade om otrohet."

Efter att ha berättat färdigt böjde Lova huvudet. Hope förstod att det fanns mer och undrade oroligt i så fall vad det var.

"Han utsatte mina barnbarn för inbrott och rån. Tänk om de som sov vaknade. Mina barnbarn kunde ha blivit skjutna eller fått livstids fängelse. Skicka sina döttrar för att råna folk. För fickpengar. Vad är det för man?"

"Ja, helt otroligt", mumlade i sin tur Eve. "Jag kör in till Dorrigo. Vi skulle träffas på restaurangen. Ingen av oss orkar laga middag idag."

"Efter middagen ska jag sova till nästa år", sa Hope och gäspade flera gånger. "Jag har ont i hela min kropp. Orkar du massera mig sedan, Peter? Bara lite."

"Jag har också ont, inte fan frågar någon mig om jag vill bli masserad", muttrade han.

Nu bröt ett högljutt skratt ut bland allihop. Spänningarna lossnade. Framme i Dorrigo ramlade de skrattande in i en liten restaurang.

"Undra när ni får vittna?" undrade Eve nyfiket.

"Ni?" sa Hope frågande. "Peter, mina barn får inte vittna. Jag vill inte att någon ser dem."

"Du gjorde ett stort jobb angående din man. Förhoppningsvis får han ett hårt fängelsestraff, särskilt efter händelsen i parken. Vi har ett inspelat samtal från fängelset när han beställer mordkontraktet. Efter vittnesmålet kan ni börja leva ett normalare liv. Det vill säga när tidningarna har slutat skriva om honom och er."

"Jag vill inte att mina barn ska synas i pressen eller på teve. Ingen ska få veta vem de är. Jag vill hålla dem gömda tills allt är över och ett par år har gått."

"Lova fyller sexton till våren. Det är en önskan från henne", sa Peter lågt.

"En dag kanske hon höjer sin pappa till skyarna och tror att hon saknar honom."

Peter tittade länge på henne.

"Ingen av dina döttrar kommer att förlåta honom. Han satte dit dig och försökte mörda dig. Lurade dem att de skulle åka på semester. Inbrott och hot med utpressning mot sina döttrar. Misshandel. Nu skulle han mörda er allihop. Vad är det för sjuk, jävel?"

"Gjorde din pappa dig och din mamma illa? Var det därför du blev polis?" frågade plötsligt Noelle högt.

"Just nu vill jag inte prata om min barndom. En annan gång."

"Du bör prata om det. Som mamma gör med oss. Nu behöver vi ha trevligt tillsammans", sa Lova alldeles för allvarligt. Återigen tittade Hope på sin äldsta dotter.

"Mamma, titta på morfar!"

Oroad slängde hon en blick på sin pappa, som omständligt gick ned på knä. När han friade till Eve log Hope stort. Efter alla gånger han hade kommit till Australien hade de funnit varandra. Lycklig tittade hon på dem. Hennes pappa skulle bo där nittio dagar, resa hem och jobba extra. Sedan åka tillbaka i nittio dagar. Festen höll på. Peter kom och gick. Oftast med sin mobil i handen. När han äntligen satte

46

sig ned lutade hon huvudet tryggt mot hans axel. Två sekunder därefter sov hon. Vaknade när huvudet slog i bordet. Alla barnen tjöt av skratt och pekade på hennes ansikte. Hope visste. Tallriken med matrester stoppade henne. Sås rann på kinden. När hon försökte få bort maten från ansiktet fanns rester även i håret. Då skrattade de ännu högre.

"Såsen var god", fnissade hon.

Trötta åkte de hem. Peter stannade över natten. I duschen fick Noa hjälp. Direkt efter duschen rätt i säng. Hope läste en saga. Då ville han ligga på hennes arm och samtidigt hålla om sitt mjukisdjur, Tiger. Den hade han fått i present när han fyllde tre år. Tiger lämnade han aldrig. Som Lova sa, en symbolisk trygghet. Trygghet från förr innan allt hände.

Vad Hope inte visste var att Lova ville ha ett samtal med Peter. När Lova kom ut till altanen satt morfar jämte honom. Nervöst drog hon i sina shorts.

"Åh, Lova, du är väldigt lik din mamma. Du har blivit en fantastisk vacker flicka. Jag är så stolt över dig och är överlycklig att vi alla fick träffas igen, särskilt din mamma."

"Har mamma lidit? Har hon saknat oss?"

Eve kom ut samtidigt med Noelle och hörde Lovas frågor.

"Sätt er. Jag kan berätta hur hon mådde i fängelset", svarade Eve.

Deras mamma hade haft sängen ovanför henne. Varje sekund, varje minut skrek hon efter sina barn. Kudden blev kramarna till och från dem. Deras mamma hade fått medicin för att orka. När hon en dag förstod att hon kunde slåss tillbaka och hitta sina barn, det var då hon började kämpa.

Här berättade Eve vidare om deras pappa och mammas kollega Viktoria, de två hade lurat deras mamma på allt. Många frågor kom från Lova och Noelle. Varje svar var eftertänksamma.

"Du skyddade min mamma i fängelset. Tack", viskade Lova med tårar i ögonen.

Noelle satt jämte sin syster och lyssnade.

"Ja, tills hon lärde sig att hon måste klara sig själv. Det är en svår chock att hamna i ett fängelse. Ingen trodde henne. Det allra värsta var att hon förlorade er. Med tiden gick depressionen över. Er mamma hade många fina idéer om utbildningar i fängelset. Både hon och jag kämpade tillsammans. Utbildning är verkligen bra. Den är inte tung att bära. Er mammas ord. Dagarna gick och blev till år. En dag fick jag lämna fängelset tidigare, vilket gjorde att jag blev väldigt orolig för er mamma."

"Vad hände?" viskade Noelle nervöst.

"Hon fick dela cellen med en stor kvinna som hade mördat flera människor." Chockade drog tjejerna efter andan. "En dag i matsalen kom ett uppror. Er mamma fick straffet. Enligt andra var det hon som hade börjat, hon skickades till en cell helt isolerad från alla andra. Ett tillägg fick hon på sitt straff. Det sägs vara fruktansvärt. Men hon slapp den elaka kvinnan. Videofilmer visade att er mamma var oskyldig. Peter såg det. Åren togs bort."

"Stackars mamma. Pappa och Viktoria är hemska människor, de gjorde mamma väldigt illa. Tack Peter, du är vår hjälte."

"Tänk om vi blir som pappa."

Båda flickorna sneglade på varandra och darrade synligt efter dessa ord. Alla vuxna sa detsamma.

"Nej, verkligen inte."

"Därför vill jag säga en sak till dig innan mamma kommer." Lova tittade bestämt på Peter. "Får vi inte pappa fälld kommer han eller hans vänner att söka upp oss. Jag vill vittna till mammas fördel. Det är en fruktansvärd känsla att pappa hatar oss och vill se oss döda. Varför kan jag inte visa honom min avsky för vad han har gjort."

"Jag vill också vittna. Jag ska berätta för advokaten om mina brott."

Precis då kom Hope ut.

"Nej! Det får du inte, Noelle. Tänk om Singapore begär utlämning på dig. Ligan vill klämma åt oss. En sådan kriminell liga har mer pengar än rättsväsendet. De kan betala, muta och skrämma människor. De har sina advokater. Förstår ni inte det? Jag vill inte att ni vittnar."

"Jag är snart sexton år. Du gör allt för att skydda oss. Jag förstår och känner det. Du behöver också skydd, mamma. Jag vill hjälpa till. Vi är ett team. Du sa det själv. Jag måste få göra det här. Tänk om det hände dig eller någon av mina syskon något. Ska jag behöva leva resten av mitt liv och veta att jag kunde ha hjälpt oss."

"Det är ett tag till innan du är sexton år, Lova. Åh, pappa, hjälp mig", viskade Hope.

Det blev tyst någon minut.

"Åren utan dig har din dotter mognat och blivit en ung kvinna med skinn på näsan. Precis som du, Åsa."

"Mamma Åsa", viskade Lova och log ljuvligt. "Det gamla livet tillsammans med dig och släkten. Mina vänner och klasskamrater. Hemma i Göteborg. Jag sprang ofta hem till dig, morfar. Du gjorde pannkakor. Allt lurade han oss på. Den mannen som kallades för pappa har förverkat den rätten."

"Amen", sa Noelle och log. "Jag minns inte mycket från Sverige. Snö. Jul. Morfars goda pannkakor. Kanske lite mer, men när mamma tittar på mig och kramar mig känner jag mig älskad. Jag får vara den jag är. Mamma är tryggheten. Hos pappa kände jag mig ständigt rädd, ensam och ledsen. Nu är jag jämt glad."

"Och mamma lyssnar på oss, Noelle."

"Jag vill att vi fyra får prata med en psykolog i Sydney. Senare med var och en av er. Om psykologen anser att ni skulle klara av att stå i domstolen, då får jag se vad jag har bestämt mig för. När ni blir förhörda sitter det fullt med folk på bänkarna. Journalister skriver om er. Er pappa sitter jämte advokaterna och stirrar på er med ett hånleende. Gör säkert grimaser åt er. Ni har blivit misshandlade av honom. När ni ser er pappa kan känslan bli förödande."

Tystnaden tog sig in mellan dem och allvaret sjönk ned. Fåglarna levde sitt liv och kvittrade glatt. Kvällen hade blivit sen. En djup utandning hördes tydligt.

"Jag blev nog räddare än jag trodde." Lova snyftade till. "Morfar, jag är inte lika duktig som mamma."

Med full fart reste hon sig. Stolen välte. Snyftande sprang hon in i huset till sovrummet familjen delade. Självklart reste sig Hope för att gå och trösta sin dotter.

"Låt tösen hämta andan."

"Pappa, hon har varit utan mig i fem år. Ingen vuxen att rådfråga och ingen att prata med."

"Var det så, Noelle?" frågade morfar stillsamt med tårar i ögonen.

"Ja. Vi hade bara varandra. Pappa var inte intresserad av oss flickor. Tant Zoe räknade jag inte med. För henne vill jag inte tänka på."

Hope vände sig om.

"Jag frågar igen. Minns du när du såg Viktoria sista gången?"

"Jag minns inte. När jag fyllde tolv år var hon kanske med på kalaset."

"Ni hade i alla fall kalas", sade morfar i ett försök att vara positiv.

"Ja, annars skulle det se illa ut. Tant Zoe ordnade bjudningar för oss. Då var de trevliga mot gästerna."

"Vänta lite innan du går, Hope. Varför är Viktoria viktig? Ingen har sett henne på riktigt länge. Det är väl bra."

"Viktoria är en person som har lätt att försvinna. Tydligen har hon andra namn och pass. Den kvinnan kan lura vem som helst. Hon är inte någon psykopat, men pengar och lyxliv driver henne. För att få det trampar hon på andra."

"Hope, du nämnde tidigare för mig att hon inte kunde få barn. Nu klarnade det. Hon snodde din man, dina barn och fick dina pengar. Trodde hon. I Singapore fanns tant Zoe. Högre upp i hierarkin, troligtvis en person i chefsposition och med mycket mer pengar. Alltså, blev Viktoria lurad av manipulativa Daniel. Han ville ha allt och fick känna sig som en storhärskare."

Alla tittade på Hopes pappa.

"Jag tror också att det stämmer. Viktoria litar jag inte ett dugg på. När Daniel var i Singapore var de två säkert tillsammans. Hon hintade om det. Vi var vänner och hon ljög mig rätt upp i ansiktet. Daniel och hon passade bra ihop."

Hope knackade på sovrumsdörren och gick in i. Satte sig på sängkanten. Smekte sin dotter på ryggen. Efter en stund vände sig Lova om och kröp ihop i mammas famn. I sin tur vyssjade Hope sin dotter. Efter en bra stund satte sig Lova upp. Ögonen var svullna.

"Om vi någon gång ska kunna leva ett vanligt liv måste jag vittna. Jag är femton år och har inga väninnor." Känslorna blev starka. "En dag vill jag ha en pojkvän, men jag är rädd. Mitt liv får inte bli som ditt."

Hope stirrade rätt in i väggen. Den kommentaren gjorde ont. Ett fel val i livet kunde ställa till ett helvete i många år.

"Jag vill verkligen inte att du ska få mitt liv."

"Varför blev du kär i pappa?"

"Vi träffades när vi var några år äldre än dig. Han såg mig och var otroligt charmig. Noa och din pappa har samma lockiga hårburr. Jag blev himlastormande kär. För varje dag som gick växte min kärlek. Din pappa fick mig att må fantastiskt bra. Jag varken såg eller förstod att han hade bakomliggande problem. Min väninna Linn i Stockholm påpekade för mig att han drog in mig i hans nät och jag kom inte ut. Jag ville inte ut, Lova."

"Hur ska jag se om en pojkvän är som pappa?"

"Passa dig för en avundsjuk, kontrollerande och svartsjuk pojkvän. Oftast allt i ett. Det är inte gulligt med den där svartsjukan. Det gäller också om han försöker styra dig genom att ta bort dina vänner eller förminska dem.

Exempelvis jobb som du tycker är utvecklande, men inte han. Du får inte välja själv och börjar känna dig alltmer pressad. Vissa personer kan börja med det där subtila. Man märker det knappt, men man känner sig olustig. Personer med allvarliga problem skyller på allt och alla andra, men aldrig på sig själva. De har blivit lämnade, otrohet och så vidare. Gå därifrån. Det slutar aldrig bra. Ditt arbete är inte att läka honom. Naturligtvis ska man hjälpa en vän och pojkvän, men om personen inte gör något åt sin situation och fortsätter på samma sätt år ut och år in. Behöver jag säga att du ska gå vid första slaget."

"Slog pappa dig?"

"Nej, han styrde och kontrollerade mig. Jag blev van vid det sättet att leva och anpassade mig. Det förstod jag långt efteråt. Tack och lov för alla hans långa resor utomlands. Efter flera år i fängelset förstod jag vilken makt han hade haft över mig. Så lång tid tar det efter en annan människas manipulationer för att släppa taget. Vissa människor har fastnat och kan inte gå vidare. Jag pratade nyss om en psykolog. Vi går tillsammans några gånger. Senare kan varje person få ett eget samtal."

"Ja, jag är med. Rädsla får inte styra mitt liv. Jag vill också veta hur jag ser och märker en person som inte vill mig väl."

Nästa morgon ringde Hope till advokaten och fick ett kort samtal. Advokaten ville att familjen kom till Sydney ett visst datum samt att han skulle höra sig för angående en psykolog.

Dagen kom när Peter hämtade dem. Eftersom de inte visste hur länge de skulle bli borta packade de allt. De tog adjö av alla. Det var svårt att åka ifrån dem. Återigen åkte de den långa turen till Sydney. Spara pengar var ett måste tidigare, men ännu mer på grund av psykologens kostnad. Psykologen var viktig för deras hälsa och för barnens framtid. Den här gången sov de hemma hos Peter. Några fina dagar gick. Barnen sov i hans dubbelsäng medan Hope låg i hans soffa. Peter låg i en tältsäng. Ytterligare ett rum fanns, ett mindre med ett skrivbord, bokhyllor och en stor dator. Den dagen Hope och Lova skulle till advokaten var Peter ledig och hemma med de andra två.

Pendeltåget tog dem in till city. Båda tittade på allt de såg. Efter några byten med spårvagn kom de till slut fram till advokatkontoret. Med vaksam blick studerade Hope omgivningen innan de gick in i byggnaden och bad Lova göra detsamma. De anmälde sig och fick sitta ned i ett väntrum utanför advokatens kontor. Minuterna gick. Psykologen hade de redan träffat två gånger. Efter andra besöket inhandlades en bok om barn och trauman. Den bläddrade Lova i, men boken ville annat. Den studsade ner på golvet och lade sig bakom stolen. Fingrar nådde knappt boken. Lova sträckte sig så långt det gick och var nära att få tag i den. Då flyttade boken sig retsamt och lade sig fint bakom en stor krukväxt.

"Mamma, jag får inte tag i boken. Den ligger bakom dig."

Folk gick förbi i korridoren. Hope försökte nå boken.

"Jag putte fram boken till dig. Ta den. Vad är det, Lova?" viskade Hope oroligt.

"Tant Zoe står och väntar på hissen."

Hope fick panik och drog försiktigt ned Lova bakom växten. Under stressen glömde hon att ta ett foto. Kvinnan klev in i hissen, dörren gled igen. Samtidigt öppnade advokaten dörren till sitt rum. Som tur var samtalade han med någon i mobilen. Med låg röst sa Hope till sin dotter att inte nämna tant Zoe för advokaten.

"Jag berättar varför när vi går härifrån. Man kan inte lita på någon", viskade hon.

"Jo, Peter", viskade Lova i sin tur och plockade upp boken.

Timman med advokaten ställdes frågor från båda håll. De tackade och gick.

"Vi går och äter lunch. Hur såg du att det var, tant Zoe? De flesta asiater har svart blänkande hår och bruna ögon. Kanske inte alla. Nu låter jag dum. Asien är stort", fnittrade Hope dumt.

"Zoe Ling har ett fult ärr som går ovanför ögonbrynet vid höger sida och ner mot tinningen. Jag blev rädd. Det kanske inte var hon. Ska du arbeta på advokatbyrån en dag?"

"Ja. De ville se om jag klarade av jobbet. Vi måste fira att jag har fått ett tillfälligt arbetstillstånd och ni får gå i skolan under ett år. Det gällde på grund av särskilda omständigheter."

"Får vi inte bo i Australien? Tänker du gifta dig med Peter?"

"Peter får inte vara tillsammans eller gifta sig med ett vittne som han arbetar med. Enligt papper får vi bo i Australien i alla fall under ett år."

"Det lät tveksamt, mamma."

"Vi planerar för elva månader. Det är viktigast. Bara vi får vara tillsammans. Tre prioritet är måsten, arbete, bostad och skola. Min största önskan är att ni får vänner."

"Då vill inte jag flytta till Sverige och börja om från början igen."

"Vi tar en sak i taget, Lova."

"Ska jag verkligen få leva ett vanligt liv? Som att gå på en vanlig skola, få vänner, gå ut och ha roligt." Hope log och nickade. "Vilken frihet! Tänk att få gå på kafé själv. I Singapore hade vi livvakter vart vi än gick. Vi fick inte ha egna vänner. Pappa och tant Zoe ville inte det", rösten darrade av känslor.

"Allt det där vill jag att du ska kunna göra. Min önskan är att ni går ut och shoppar tillsammans med väninnor. Tror du att din pappa och tant Zoe var rädd för att ni skulle skvallra?"

"Ja."

"Såg du ifall de hade kassaskåp eller någon slags gömma."

"De hade två." Länge satt mor och dotter och pratade över lunchen. "En dag hade pappa gäster hemma. Noa lånade min mobil och tog en massa foton. Nu när jag tänker efter lekte han och smög på dem." Lova bleknade. "Tänk om gästerna hade sett att Noa fotade dem." Även Hope blev blek.

"Nu kan vi inget göra. Vad skulle du vilja arbeta med framöver, Lova?"

Det blev tyst. Länge tittade hon på sin mamma.

"Kriminalare. Som Peter. Göra staden tryggare för invånarna."

"Bra tänkt. Vi ska leta efter bostad. Jag tänkte först i Sydney, men varför inte i Gosford. Jag har googlat på båda städerna. Gosford växer ut mot havet och där bor runt trehundratusen invånare. Staden ligger cirka femtio kilometer från Sydney City. Men du kanske hellre vill bo i Dorrigo."

"Naturen runt Dorrigo är vacker med bland annat nationalparken och alla vattenfall runt omkring, men det bor inte många där. Först ville jag och Noelle bo i Dorrigo. Vi har pratat mycket om det och kom på att vi ville bo i en stad med mängder av affärer. Den ende som vill bo i närheten av Eve och morfar är Noa."

Vemodigt tittade Hope på sin äldsta dotter, förbannade både Daniel och sig själv En ung kvinna som hade tagit stegen in i vuxenvärlden. Lova var vuxen och tog ansvar. Hur skulle hon kunna umgås med barnsliga jämnåriga, tänkte hon och blinkade febrilt.

"Vi letar efter en stad att trivas i. Allt handlar om vilken lön jag får och hur stor lägenhet vi har råd med. Jag kan sova i vardagsrummet. Vad skulle du tycka ifall hela familjen gick på en kurs i självförsvar längre fram", undrade Hope och lät positiv.

"Självförsvar? Ja, det vore fantastiskt. Hittar vi ett bra ställe att bo på kan Noelle och jag dela rum. Noa kan ta minsta rummet. Jag kan arbeta extra."

"Ta det lugnt ett tag, Lova. Bo in dig och lär känna nya vänner. Säkert är Australien så moderniserat att jag kan delvis arbeta hemifrån. Vi kan inte lämna Noa ensam hemma. En hund hade inte varit dumt, men det är förstås en dröm. Vad är det jag säger. Jag är inte ens förtjust i hundar."

"Ja, en hund att kela med."

"Lova, ska vi gå? Du har sett dig om ett antal gånger. Har jag missat något?"

57

"Jag övar mig", fnittrade hon och log stort.

En hel dag tillsammans hade gått åt hos advokaten, mamma och dotterlunch med mycket samtal. Givetvis gick de och tittade på kläder i olika affärer. Lyckliga tog de pendeltåget hem till Peter.

"Mamma, trots tant Zoe har jag aldrig mått så här bra. Vilken trevlig dag!"

"Ja, verkligen. I vårt nästa liv ska vi få mer tid till mysiga dagar. Ni behöver nya kläder från Australien. Bra att vi pratar engelska hela tiden. Du börjar få en liten accent härifrån."

Under kvällsmaten hemma hos Peter berättade Lova och Hope om timmarna de var borta.

"Undra om det var Zoe Ling? Tänk om hon jobbade där eller var en klient", berättade Hope senare för Peter när hon stod och diskade.

Därifrån kunde hon se barnen som kastade boll.

"Det här tycks bli ett evighetslångt jobb", mumlade han trött och torkade av bordet.

"Ett stort tack för att vi får bo här och ett lika stort tack för den goda kvällsmaten. Jag är innerligt trött på att hela tiden se mig över axeln. Drömmen om ett vanligt liv känns ouppnåeligt." Hope tog ett djupt andetag. "Tänk om tant Zoe arbetade på advokatkontoret. Sa inte advokaten att de nyligen hade anställt en kvinna som hade utbildning för arbete på advokatbyråer och domstolar."

Peter tittade länge på henne.

"Lite långsökt. Hur skulle hon ha kunnat komma igenom alla spärrar?"

"En känsla som jag har. "Hope knackade sig i huvudet."

Men det var Lova som såg henne. Tänk om hon arbetar och bor i Australien under ett annat namn, födelsedatum och pass. Har ett vanligt liv här. I Singapore lever hon med ett annat namn och liv. För övrigt detsamma. Enligt barnen var tant Zoe och deras pappa ofta på resande fot. Tror du inte att ligan överlever för att de höga cheferna kan ställa om med förfalskade uppgifter. De har pengar."

Den här gången tittade Peter ned på golvet och suckade djupt.

"Jo, visst. Och du ska arbeta på det där advokatkontoret. Tacka nej. Jag vill inte att hon ser dig."

"Om jag får tillgång till advokatkontorets datorer kanske jag kan komma med förslag som är lätta att genomföra. Under tiden kan jag se om det finns foton på alla som är anställda på advokatbyrån."

"Fortfarande långsökt. Du vet att Daniels fru sitter fängslad. Underligt hur hon plötsligt befann sig på samma advokatbyrå där du ska få hjälp. Du kan råka riktigt illa ut. Tänk på att du har varit fängslad."

"Ja, det är verkligen långsökt. Många av Zoe Lings kollegor har blivit fängslade. Hon som flög med Daniel och landade dagen efter att mina barn kom hit fängslades. Tänk om det inte var Zoe Ling ni fängslade. Är det konstigt att jag är försiktig?" svarade hon frågande och torkade av diskbänken. "Jag måste veta namnen på alla om de vill ha sina löner till rätt konto. Då kan jag kika på hennes namn."

"Du är verkligen positiv. Det gillar jag. Låt polisen spana, det är deras jobb. De har utbildning. Hur ska du få tillgång till lönesystemet?"

"Jag är duktig med siffror och är snabblärd. Det är bara för en enda dag. Mest för att prova på en arbetsplats i Australien. Ta det inte så allvarligt."

"Det säger du", svarade han och gick lugnt ut till Noa som nu spelade basket själv.

Hope fastnade framför fönstret och såg killarna spela med varandra. Hela tiden skrattade Noa för Peter busade samtidigt med honom. Log, när hon såg glädjen mellan dem.

Senare på kvällen ringde advokaten. Ett datum var satt för övning inför vittnesmålet angående Daniel. Samtidigt fick hon ett datum för att känna på arbetet på advokatkontoret.

Peter arbetade från tidiga morgon till sena natten. Själv stod hon på kvällen och gjorde lunchmat för nästa dag till barnen. Lova och Noelle skulle ta hand om sin lillebror. På morgonen gjorde det ont av oro att lämna tre barn ensamma hemma i ett nytt land. Mest bestod oron av att de kunde få en påhälsning. Barnen hade läxor att läsa, därefter skulle de gå till parken och leka med Noa. Senare var det fortsatt läxläsning. Oron över kriminella tvingades bort. Peter hade lämnat var sin mobil till flickorna.

Nästa morgon gick Hope in till sovrummet och tittade till sina barn. Lova väcktes. Därefter åkte hon den sedvanliga vägen till advokaten. En känsla av frihet dök in i alla vrår. Hon var en passagerare precis som alla andra och levde ett helt vanligt liv. Alla var på väg till sina arbeten. På advokatkontoret fick hon träffa flera medarbetare samt advokater. I omgångar intervjuade advokater henne. Frågorna var många och krångliga. En del tittade i sina papper. Nästa advokat reste sig och låtsades stå på Daniel sida. Efter flera muggar med kaffe kände sig Hope manglad. En repris från många år tidigare. Men hon var inte lika stark längre. Skadan i huvudet var läkt, men ibland kom en lättare huvudvärk. Den ständiga tröttheten var värst. Emellanåt fick hon skicka och ta emot sms från barnen.

"Du är logisk och precis i dina svar. Bra där. Du kommer att klara dig. Hur tror du att din dotter klarar av att stå i rätten och svara på frågor?"

"Jag vill inte att hon vittnar. Enligt min pappa är hon lik mig. Bestämd, saklig och logisk. Skillnaden är att hon inte ens är sexton år. Är hennes pappa där klarar hon inte av den pressen. Han var väldigt elak mot henne i Singapore."

"Rätten tar hänsyn över den låga åldern och dessa övergrepp hon har varit med om."

Febrilt undrade Hope vad advokaten pratade om för övergrepp. På grund av chocken ställde hon sig upp för att sedan sätta sig igen.

"Vad har hon berättat för dig? Är det mer övergrepp? Jag ... Jag ..."

"Jag vet inte mer än det ni berättade tidigare om. Övergrepp kallade jag det för, när han förfalskade din namnteckning och tog barnen utomlands. Stal alla era gemensamma pengar. Du sattes dit av en narkotikadom och fick sju års fängelse. Men också när han meddelade dina barn att du var död och begraven i Australien. Misshandlade och hotade dina barn."

"Ständigt hotade han mig i fängelset om att sälja barnen. Jag har inga bevis på det. Det var därför jag blev rädd ifall ni visste mer."

Över halva dagen hade gått på grund av advokaternas frågor. Ingen hade tid att visa runt henne på kontoret. Lättad skyndade hon hem till barnen. Peter hade varit hemma några timmar och sovit i sin säng. Ett meddelande hade kommit via sms.

Spagetti och köttfärssås gjordes snabbt. Resterna räckte för nästa dags lunch. Middag för morgondagen förbereddes. Grönsaker skars upp och sattes in i kylen. Tog en dusch. Förhörde barnen på läxor och gick igenom dessa med dem. Senare spelade de spel tillsammans. När alla hade kommit i säng gick Hope också lade sig. Somnade direkt. Oron över vad hon skulle göra på advokatkontoret följde henne in i drömmarnas värld. Under natten vaknade Hope kallsvettig. Eftersom Peter arbetade natten hade hon inget bollplank. Tankarna var på Zoe Ling och advokatkontoret. En stark känsla var att Lova hade rätt. Kvinnan var orädd och specialist på datorer. Med sina kunskaper kunde hon sätta dit Hope för olika slags intrång. Det som hände hemma i Sverige kunde hända här i Australien. Då var allt kört. Ingen skulle tro henne. Peter hade helt rätt, det förstod hon nu. Till slut somnade hon om.

På grund av inre oro vaknade hon alldeles för tidigt, men det hade även Lova gjort. Länge satt de tillsammans vid köksbordet och planerade sina liv. Drömde mestadels. Drömmar kunde gå i uppfyllelse, som Hope sa. Lova hade hittat några skolor till sig och syskonen. Duktig som hon var hade hon tittat på både Gosford och Dorrigo. För och nackdelar hittades på båda ställena.

"Dorrigo är bra för er. Ett litet ställe där alla känner alla är en trygghet. Personligen anser jag att det är för litet. Om fyra månader blir du sexton år och får kanske gå i skolan på annat håll. För mig är det viktig att ni får vänner."

"Kan vi inte göra en utflykt till Gosford? När går du, mamma?"

"Om en halvtimma. Tack för att ni hjälps åt med Noa. Vi får se angående ett besök i Gosford. Googla mer på staden. Jag har säkert lättare att få jobb där."

När hon kom till advokatbyrån var advokaten uppe i rätten i ett annat ärende. Dagen innan hade hon blivit presenterad för advokatens sekreterare. Dit gick hon och frågade om enkla uppgifter. Något som hon inte behövde ha en kod till. Förklarade för sekreteraren ifall något hände i datorns värld fanns en möjlighet att de två fick problem. Då fick hon tillåtelse att se efter anställdas adresser, försäkringsuppgifter, vad varje person hade för arbetsuppgifter samt deras behörigheter för olika program. Advokatbyrån tillhörde en stor kedja. Alla dessa anställda skulle hon gå igenom. På ett sidobord låg en stor hög med dokument. Sekreteraren såg lättad ut och log uppmuntrande till Hope. Därefter blev hon visad in i ett sammanträdesrum. En bärbar dator lämnades över. En lapp med instruktioner för datorn fick Hope och koden till att läsa av uppgifterna.

Lugnare i själen satte hon sig för att göra dessa enkla arbetsuppgifter. Uppgift efter uppgift kollades noggrant. Var och en hade ett foto fastnitat på en personlig mapp. Det enda Hope kunde göra var att läsa av samtliga anställdas papper och att dessa stämde med datorns uppgifter. Stämde det inte sattes en röd post-it lapp med en notis om felaktigheten. Det var dem sekreteraren sedan skulle gå efter. Effektivt arbetade Hope vidare.

Då och då gick hon runt i rummet och skakade loss sin stela kropp. Fortfarande ingen kvinna med namn Zoe, framför allt ingen med ett asiatiskt utseende. En blick gick till klockan i rummet. Sms:ade till barnen och fick ett svar att allt var okej. Snart skulle advokaten komma tillbaka. Utanför rummet var det tyst. Först hade hon tänkt använda mobilens kamera, men ångrade sig. Om tant Zoe arbetade på advokatkontoret var hon datakunnig. Enligt Lova hade hon ofta suttit med övervakning och arbetat via datorer från hemmet i Singapore. Med all säkerhet hade hon ordnat med bevakning och eventuellt videoövervakning i alla rum på advokatkontoret. Sammanträdesrummet var viktigt. Möten kunde övervakas.

Snabbt som attan tog hon bunten med dokument och låtsades bläddra. Tittade här och där. På den sista mappen satt fotot fast på kvinnan. Inget ärr. Inte heller hade kvinnan vid hissen ett ärr enligt Lova. Smink kunde göra susen. Därför kikade hon igen och läste innantill. Arbetade i samma takt som innan tills hon nästan var färdig. Fortsatte memorera. Bläddrade i alla dokument. Hamnade på den sista. Läste på igen. Stängde ner datorn och var klar. Reste sig tung i huvudet. Tittade på bordet. Allt såg ut som när hon kom. Stolt gick hon ut från rummet. Lämnade över högen till sekreteraren som såg mäkta imponerad ut. Röda post-it lappar satt här och där. Hope visade och förklarade. Båda tackade varandra. Sekreteraren meddelade att advokaten hade blivit försenad. De skulle höra av sig. Hope tackade för sig och gick ut från advokatkontoret. Skickade återigen ett sms till Lova och fick svar.

64

Många gånger under och efter fängelsetiden hade Hope undrat över vad hon kunde arbeta med. Livrädd om det hände något på ett företag och att hon skulle få skulden. Färden hem drömde hon om ett bra, spännande och utvecklande arbete. Tant Zoes ansikte gled upp inom henne. Letade i handväskan efter penna och papper, men hittade inget. Förhörde sig om kvinnan, tant Zoe.

När hon kom hem var barnen utanför huset. De pratade lite med varandra. Men hon hade bråttom in för att anteckna, namn, adress och försäkringsnummer. Plus det övriga som stod på personen. Slet upp papper och penna från en kökslåda. Stod kvar i samma ställning. Med pennan i handen var hon färdig att skriva. Inget. Där stod hon. Fastfrusen. Allt var borta från huvudet. Minnet var raderat. Trött och gråtfärdig ville hon hoppa av tåget. Ville bara vara. Bara sitta i en gungstol på en altan och låta någon annan sköta om allt. Inte tänka, inte ...

"Vad gör du?" rösten var hög. Hope hoppade högt. "Åh, förlåt. Jag skrämde dig."

Kapitel 3

"Hej, Peter. En fruktansvärd trötthet sköljde över mig."

Då berättade hon om nattens tankar och vad hon hade gjort på advokatkontoret. Om tänkbara framtida jobb. Munnen pladdrade på och hon avslutade med att hon inget mindes. Hjärnan var raderad.

"Jag har sett att du har förberett för middag. Kan det stå tills i morgon?"

"Ja."

"Vi går ut och äter en hamburgare. Då kommer vi bort och får koppla av. Jag tar papper och penna med mig. Knäpp med dina fingrar om du minns. Jag skriver upp. Ta inte med dig något som du blir stressad över. Varför antecknade du inte i din mobil? Du övertänker, Hope. Efter det här måste du släppa tankarna på ligan."

"Där ser du. Jag har förlorat hjärnceller. Tänkte inte ens på att jag kunde anteckna i mobilen."

Tillsammans gick de ut och frågade barnen som blev glatt överraskade. De skulle gå till en restaurang som hade hamburgare på menyn. En timma gick. Ingen förstod när Hope knäppte på fingrarna. Peter lyfte sina händer och knäppte med sina fingrar. Visslade en glad trudelutt. Det tog några sekunder innan han mindes och fick upp papper och penna. Hope lät som ett rinnande vattenfall. Log med ett glädjestrålande leende. Han repeterade. Då fick han ett ännu större leende tillbaka.

"Nu blev det tomt igen", flinade hon lugnt.

I sakta mak gick de tillbaka hem. Lova stannade till vid ett skyltfönster och hade svårt att slita sig, men sa inget.

Hope gick bakom henne och slängde en blick. Tuffa jeansshorts med bling bling och en fräck t-shirt satt på en provdocka. Promenaden fortsatte hemåt. Varje dag var värmen skön. November månad och det var trettio grader. Ibland satt de och tittade på åskväder som gled förbi. På nätterna var det något svalare. Det gick bra att sova. Samtalen avlöste varandra. En eftermiddag när Peter var hemma berättade Hope för honom att hon skulle köpa presenter till barnen. Förvånat tittade hon på honom när han tog upp sin plånbok. Först sa Hope nej, men av hans ansiktsuttryck förstod hon och tackade för pengarna. Rusade i väg till affären. Kikade i skyltfönstret. Såg priserna, de var dyra. Med tårar i ögonen bestämde hon sig och gick in. Köpte jeansshortsen med bling bling och t-shirten, smått och gott till de andra två. Nya flip flop till alla tre barnen. Lova och Noelle fick bling bling på sina.

Väl hemma ropade hon på barnen. Jämte sig hade hon inslagna paket i bärkassar.

"Peter och jag ville ge er en uppskattning. Ni är otroligt duktiga."

Noa slet upp sitt paket. Två innebandyklubbor och ett par bollar. Både Peter och Hope fick en hård kram, därefter rusade han ut för att spela. Nästa paket som öppnades var Noelle, som satt och blinkade flera gånger. Ett tufft linne samt fräcka shorts. Provade genast sina flip flop. Fötterna gnistrade. Nu var det Lovas tur. Tårar droppade nedför ansiktet. Tjejerna sprang in i sovrummet. Båda kom ut till vardagsrummet och visade upp sina kläder. De pratade i mun på varandra av lycka. Grät. Både Peter och Hope hade tårar i ögonen.

"Snyggt! Passar er perfekt. Bra köp av er mamma", sa Peter och log stort.

Flickorna kramade om dem. Direkt därefter gick Peter ut och spelade innebandy med Noa som tjöt varje gång det blev mål.

Varje dag studerade Peter med en erfaren blick bilar som stod nära hans lilla radhus och längs gatan. Lova såg och gjorde likadant. Putte på sin syster som också började se sig om, en kort stund därefter började även lillebror. För honom var det väldigt viktigt att varva cricketslag med en låtsasracket och innebandy. En låtsasboll sköts tillbaka från Peter. Hope noterade, men orkade inte engagera sig. I Peters hem hade alla anpassat sig till varandra. Toalett och dusch var svårast, men klockslag för dusch var uppsatt utanför dörren. Spel, tevetittande och samtal florerade mellan dem. Hope sov helt utslagen runt tio timmar varje natt. En dag berättade Lova för sin mamma att hon läste mängder av engelska glosor för att få ett bättre ordförråd. Noelle gjorde detsamma, men för henne gick det inte lika fort.

"Det är bra Lova, du är tre år äldre och ska börja på High School. Noelle hinner lära sig mer. Jag är stolt över er. Bra gjort!"

Familjen glömde av att åka tillbaka till Dorrigo. I sin tur sa Peter inget. Datum för rättegången var satt till fjorton dagar senare. Ingen frågade stackars Peter hur han klarade av en familj på fyra personer. En familj som försökte anpassa sig till varandra på grund av fem förlorade år, dessutom i hans lilla enplansradhus, men vardagsrummet var stort. Konstigt nog fungerade varje dag. Familjen var ofta ute. Bråk uppstod, men hade kunnat bli värre. När Peter kom hem var han alltid ute med dem. För att Lova skulle få lite egentid tog han då och då med henne på en joggingtur. Lärde henne hur hon skulle iaktta. Ofta satte hon sig i en skön fåtölj utomhus med böcker. Slängde en blick på sina syskon och Peter när de spelade. Böckerna hade Peter lånat från biblioteket, dessa var viktigast för Lova.

Sent en kväll berättade Peter för Lova och Hope om kvinnan, tant Zoe.

"Uppgifterna du lämnade till mig från advokatkontoret angående kvinnan. För sju år sedan fanns hon inte i våra eller myndigheternas datorer. Vi har gått igenom hela Australien. Ni kan ha rätt."

Genast stelnade Lova till och såg livrädd ut. Tittade granskande på Peter.

"Är du också rädd för tant Zoe?"

"Jag har respekt för henne. Du då?" frågade han Lova.

"Jag är jätterädd för henne", kom ett lågt viskande.

De vuxna fick anstränga sig för att höra. Oroligt tittade Hope på Peter.

"Har hon gjort dig något som du inte har berättat?"

Hopes röst var svag. Energin hade tagit slut. En varm hand lades ovanpå hennes. För första gången sedan de träffades ville hon bara sjunka in i hans armar och få känna tryggheten som omgav honom. Då och då dök en leende Robin upp i näthinnan. Fortfarande fanns en önskan att åka hem till sitt älskade Sverige, till sin syster, syskonbarn och mamma. Lilla mamma. Hennes älskade familj. Återigen tittade hon på sin dotter. Lova hade inte berättat allt om livet med sin pappa och dennes fru.

Lova svarade inte. Ansvaret låg på Hope. Det var hennes dotter. Peter putte till henne. Med tårar i ögonen tittade hon på honom. Hon fick absolut inte bryta ihop. Snart var det rättegång och hon själv måste vara i toppskick, men viktigast var hennes dotter.

"Lova?" frågade hon försiktigt.

"Passa er för tant Zoe. Jag förstår inte hur pappa kunde tycka om henne. Om man inte visste att hon hade kommit hem kände man det. Dålig energi virvlade runt i huset. Obehagligt att vistas i hemmet. Noa blev gnälligare och vi oroligare. Tills jag förstod att det var tant Zoe. Pappa kunde vara snäll. Men aldrig hon. Tant Zoe var ond rätt igenom. Du har sagt ordet lismande, mamma. Det är rätt ord. Hon kan le ljuvligt och vara vänlig, men smäller till oväntat."

Peter blev stel i kroppen tittade på kvinnorna som satt nära honom. Blicken gick till sovrummet. I sin tur vågade knappt Hope fråga sin dotter, men måste.

"Ge mig ett exempel", bad hon.

"När någon inte gjorde som hon sa blev den personen hårt bestraffad. En betjänt hade tydligen gjort en miss. Jag stod och kikade bakom en dörr. Mannen blev plågad av en person som aldrig visade känslor. Tant Zoe satt i soffan och tittade på. Log mjukt. I nästa mening sa hon hemska saker. Som, jag ska ta ut dina organ och äta upp dem. Vet ni vad hon gjorde? Mannen var blodig. Hans blod smetade hon in i sitt ansikte." Ett snyftande gled ur Lova. "Jag är verkligen rädd för henne."

På grund av dotterns rädsla och vad hon berättade började Hope skaka. Den där mannen som först skulle skjuta barnen medan mamman tvingades se på. Det lät som ordern kom från kvinnan. Men hälsningen var från Daniel.

"Nu lyssnar ni på mig. Jag har knappt sovit. Har mycket att göra på jobbet, men jag har också planerat. Intrång på våra datorer. En kollega har försvunnit. Allt började nyligen. Min privata dator har jag ställt på jobbet. Bilar med ett visst märke, men med olika färger som grå och svart har observerats ett flertal gånger vid mitt jobb. Igår såg jag dem här hemma för första gången."

Båda kvinnorna stirrade på honom. Trött ända in i själen reste sig Hope och gick stillsamt in till barnens rum.

"Du med, Lova. Gå in i sovrummet och packa det nödvändigaste. Jag har köpt ryggsäckar till er. Din mamma packar antagligen redan. Säg till henne att duscha. Du också. I natt ska vi köra långt."

Då sprang Lova in till sin mamma. Kom ut till köket efter en stund. Peter packade ned mat i lådor. Stora dunkar med vatten stod på golvet.

"Mamma undrade när vi skulle vara klara."

"Klarar ni det på två timmar. Helst tidigare. Vi åker runt klockan två eller tre på morgonen. Bäst att sticka i mörkret."

"Vart tänkte du köra oss?"

"Min mormors stuga. Den ligger i ett krokodilrikt område."

Hope hade kommit in i köket och tvärnitade av chock.

"Sa du verkligen ett krokodilrikt område?" stammade hon.

"Ja. Ingen vet vart vi ska."

"Pappa och Eve. Vad händer med dem?"

"De vet, även Eves barn. Det är därför jag beslutade att vi ska flytta på oss."

"Peter, om tant Zoe gör inbrott här hemma kan hon hitta oss då?" frågade Lova livrädd.

"Förmodligen inte. Vi får inte använda våra mobiler. Stäng av dem. De får absolut inte sättas på. Inte ens för en enda liten gång. Säg till Noelle om det."

Hope hörde knappt vad han sa. Krokodilrikt område var det enda som dansade runt i huvudet. Men också ormar och spindlar. Hela kroppen darrade.

"Mamma? Hur mår du?" Lova lät rädd.

"Vad? Jo, herregud, jag mår bra. Jag är inte rädd, Lova. Visst ska det bli spännande att få lära sig lite om krokodiler. Herregud! Noa springer överallt."

Försiktigt väcktes barnen. I omgångar bars ryggsäckar, matkartonger och vatten till bilen. Ibland fick de vänta ifall en bil körde förbi. Hallen var nersläckt. I köket lyste en svag lampa. Lova fick ett gevär för att skydda sig och sin bror med. Som en vettvilling sprang Hope in i radhuset med en ficklampa och lyste, kom ut med toalettpapper i en plast-påse.

"Ni har väl toaletter där borta."

"Utedass."

"Utedass", rösten gnisslade. "På utedass finns spindlar och ormar. Krokodiler kan till och med komma in i köket."

Vettskrämd rusade hon runt och hade ingen koll på situationen. Peter fick henne att stanna upp. I ficklampsljuset såg hon Noas mjukisdjur Tiger, den måste med.

"Spindlar är det värsta jag vet", skrek Noelle med sin lilla hårborste i handen. Hennes blonda hår var som en gloria runt huvudet. Skräcken lyste ur hennes blå ögon. "Jag vill stanna här hos dig, Peter."

För första gången tappade Peter humöret och det ordentligt.

"Fattar ni inte? Tant Zoe är farlig. Skadar och njuter av att se på. En sadist. Jag skulle dö om hon skadade er", vrålade han. "Se för fan till att komma in i bilen och det snabbt!"

Hope och Noelle blev chockade. Tolvåringens mun darrade av rädsla. Mor och dotter tjurrusade in i bilen. Lova satt i bilen och vaktade sin sovande lillebror. Peter hoppade in i förarsätet.

"Då åker vi", sa han kort. "Är alla med?"

"Ja."

"Jag tycker väldigt mycket om dig, Peter. Förlåt mig."

"Jag ber också om ursäkt", muttrade Hope.

Sammanbitet körde Peter runt inne i Sydney. Körde ut från staden kilometer efter kilometer. Det började ljusna en aning. Barnen sov i baksätet, förutom Noelle som fortfarande var ledsen.

"Jag måste ringa min mamma och syster", sa Hope lågt.

"Det är ordnat", svarade han kort.

"Måste du sura."

"Jag är inte sur. Bara trött. Ni lyssnade inte och jag tappade tålamodet. Den här kriminella ligan tar på mina nerver också. De är ju som löss. Kryllar av dem. Noelle, jag ber om ursäkt för att jag skrek på dig."

"Tack, Peter. Du är den snällaste människan jag känner. Tack för allt", svarade Noelle vänligt och klappade hans bakhuvud. "Nu kan jag sova en stund."

"Du måste vara pressad. Har din kollega kommit tillbaka?"

"Det vet jag inte. Enligt min chef är ni första prioritet. Ni ska vittna. Då måste ni överleva. Ni ska överleva."

"Det är hemskt."

"Nej, inte om ni överlever. Jag förstår, du menade min kollega."

Minuter passerade i tystnad och blev en halvtimma.

"Jag vet att jag har skrivit under gällande dokument om vittnesmål. Om vi inte vittnar slipper vi repressalier från ligan? Jag tänkte på alla inblandade. Ingen får bli mördad eller dö för mitt vittnesmål", viskade Hope, som hade sjunkit ihop i framsätet.

"Jag vill inte det heller, mamma."

"Tusan också", muttrade Hope. "Jag trodde att hon sov. Du ska inte dö, Lova. Ingen ska dö."

"Du sa det."

"Ja, men jag vill inte att det ska hända något för någon. Förstår du?"

"Ja", kom ett lågt viskande.

Hope tittade på Peter med tårar i ögonen. Plötsligt svängde han av vägen. Stängde av bilen. Tysta satt de. Minuterna tickade på.

"Dokumenten är bindande, Hope. Jag önskar verkligen att ni inte behöver vittna. Ifall ni slipper att vittna kommer ligan ändå att jaga er. De vill vilket fall som helst statuera exempel. Det är så de gör. Ni måste förstå det."

"Hur går det för advokaterna? Domarna? De var tydligen två fick jag höra."

"Gator är avstängda runt domstolen. Domarna, advokater och övriga personal har fått gömma sig."

"När hände det?" viskade Hope.

"Min chef ringde advokatbyrån angående kvinnan som eventuellt kunde vara tant Zoe. Övriga inblandade fick också reda på det."

"Då var det tant Zoe. Jag visste det", sa Lova bestämt.

"En del viktiga papper har försvunnit på advokatkontoret. Virus i deras datorer. De har fått stora problem. Ett samtal om detta kom innan vi åkte."

"Vilken tur att jag inte kunde komma in i datorerna." Hopes röst lät svag.

"Bra att ni meddelade mig angående tant Zoe. På grund av det hann advokatkontoret rädda en hel del viktiga papper. Hur det går och kommer att gå vet jag inte. Ingen vet. Alla är stressade. Senare när vi ska åka till domstolen blir det problem att ta sig in i Sydney. Jag funderar på om vi ska dela på oss. Jag kör med min bil. En bil som jag har haft ståendes kan du köra."

"Nej, Peter, vi lämnar inte varandra. Kommer inte på frågan."

"Ni har större chans att överleva."

"Vad menade du?" Hope drog djupt efter andan. "Tänker du dra på dig elden?"

"Du har dina barn att tänka på. Ni har lidit nog."

"Hur mycket vi än har lidit blir det värre utan dig. Jag vill att du ska veta det. Du är vår trygghet och har blivit viktig för oss."

Flickorna grät tyst i baksätet.

"Mamma har rätt, Peter. Vi tycker jättemycket om dig. Noa saknar dig så fort du är borta. Sådan var han inte med pappa i Singapore", mumlade Lova.

"Ssh, Noa håller på att vakna."

"Jag har köpt peruker till er, de ligger i en påse. I bakluckan på den andra bilen finns mängder av solkräm. Jag har köpt kepsar till er också. Använd inte visakortet, Hope. Häromdagen hämtade jag ut en del kontanter. Ta pengarna. Köp mat och bensin för dem. Göm er i min mormors stuga. Här är adressen. Risken finns att jag har en GPS i min bil. Bada inte i vattendrag. Spring inte ut från huset. Krokodiler kan gömma sig under altanen, även ormar och spindlar. Man kan hitta djur inomhus. Ha alltid koll. Vilda djur ska ni akta er för. Passa er för söta kängurur. De kan sparka farligt hårt. Kolla även efter djur i bilen om den har stått still, även under bilen. Runt stugan finns det inte mycket att se. Mest bushland med annorlunda natur. Vi är på väg in i Queensland och in i landet, ute vid kusten heter det Guldkusten och det stora Barriärrevet. Ni känner säkert igen namnen. Då vet ni på ett ungefär var ni är. Försök tänk på att de kriminella aldrig har varit där."

En fullständig tystnad spred sig i bilen. Noa sa inget. Det var precis som han förstod. Trött vred han på sitt huvud och tittade ut. Solen var på väg upp. Hope vände sig om och tittade på sina barn. Flickorna såg lika rädda ut som hon.

"Snälla mamma, lämna oss. Vi blir till besvär. Det viktigaste är att du vittnar mot pappa och ligan."

Chockad vände sig Hope om. Tårar steg i ögonen.

"Jag lämnar er aldrig. Hör ni? Aldrig. I fem år var vi utan varandra. Det var en fruktansvärd mardröm. Jag har sagt det förut, vi är ett team. Om det hände er något skulle jag dö. Inget mer sådant prat", sa Hope hest.

"Tack, mamma. Jag blev faktiskt lättad."

"Tack för omtanken." Hon vände sig mot Peter. "Det är ingen idé att jag säger något mer till dig. Du sticker så fort du kan." Han nickade. "Kommer du inte tillbaka till oss slår jag ihjäl dig", sa Hope argt och menade varje ord.

Ett par timmar senare körde Peter av vägen och ställde sig nära ett garage.

"Vi är framme. Ni har en bra bit att köra. Vi flyttar över grejerna till den andra bilen. Kom igen! Inga kramar. Vi hinner inte."

Genast skyndade Peter över till ett garage och öppnade porten. Körde ut bilen. Rusade förbi Noa som stod still och tittade på honom. Stora tårar droppade nedför pojkens kinder. Då stannade Peter och kramade om honom.

"Gå till den andra bilen. Vi killar behöver hjälpa tjejerna. Okej", sa han lågt och vänligt.

"Okej", snyftade Noa.

Med full fart hjälpte Peter till med resterande och placerade dessa i den andra bilen. Han gick in och startade bilen. Låste garaget. Nickade och sprang till sin bil. Innan han satte sig i bilen försökte han få dem att åka före honom. Men de stod kvar och tittade längtansfullt efter honom. Då körde han. Tryggheten hade försvunnit. Tårar hängde i Hopes ögon.

"Peter sa att vi måste åka nu!" ropade Noa.

"Sätt er i bilen. Noelle sitter i framsätet med mig. Lova, du sätter dig hos Noa. Tack, Noa", sa hon vänd mot Noa och tittade sedan på Lova.

Ett par minuter efter att Peter lämnade dem var de på väg. Han hade satt ett kryss på kartan var de var och vart de skulle. Kryssen gick att torka bort. Varje ort de passerade läste de skyltarna. Ibland fick Hope stanna för att titta på kartan.

"Vi ska till Queensland. Nu har vi bara åtta timmars bilfärd kvar. Vi ska till en liten ort som heter Cunnamulla. Efter den orten är vi nästan framme. Huvudsaken att vi är tillsammans. Den här resan blir slitsam. Förbered er på det. Ser vi ett parkområde kan vi stanna och rasta. Vi hittar säkert ställen att gå på toaletten. Var ligger perukerna? De ska ligga i en plastpåse. Handlar vi ska perukerna på. Ser ni en videoövervakad väg ska perukerna och solglasögonen vara på. Vi är med i en agentfilm", sa hon med sänkt röst.

Genast flinade Noa och drog på sig sin peruk. Den blonda pojken hade transformerats till en brunhårig. Noelle såg att den satt fel och fnissade varje gång hon tittade på honom.

Vägen kändes evighetslång. Hope tankade bilen. Handlade frukt och vatten. Betalade kontant. Alla gick på toaletten. I bilen åt de. Ställen där det verkade lugnt stannade de i tjugo minuter och bara gick runt. Noa sprang och lekte. Ihärdigt körde Hope hela vägen. Tvingade sig att vara vaken. Det var den värsta resan någonsin. Men inte det värsta hon hade varit med om. Barnen skulle komma tryggt fram. Hon vågade inte sova i bilen. Huvudvärk gav sig till känna särskilt på hennes vänstra sida där hon en gång skadade sig. Den blev värre ju längre resan gick. Irritationen ökade. Skrik och gap på varandra kom allt som oftast. Till slut ebbade irritationen bort. Inga mer bråk, de var alldeles trötta.

Ytterligare en gång tankades bilen. En glass avnjöts ute. På eftermiddagen gav ett tunnelseende sig till känna. Ungarna hade somnat. Allt oftare kisade Hope. Häpen såg hon skylten Cunnamulla och jublade inom sig. De skulle fortsätta på väg 49 cirka femton minuter efter Cunnamulla. Flera gånger ryckte hon till i bilen och blev fruktansvärt rädd. Kämpade sitt yttersta för att hålla sig vaken. Där var den. Skylten med en krokodil på. Under stod det Stillwater. Plötsligt log hon. Peters namn var Townsend, men kallade sig ett tag för Stillwater. Hundra meter till och de skulle vara framme. Vägen var smal. Enligt Peter skulle man åka därifrån innan regnet kom. Vägen blev som en lervälling. Bilen gled ned i gropar och gungade. En efter en vaknade barnen och började skratta.

"Det är som Liseberg, mamma", sa Lova och skrattade högt.

"Kommer du ihåg Liseberg?"

"Ja, det gör jag. Noelle minns lite av Göteborgs nöjespark. Är vi framme?"

"Alldeles strax, tror jag."

Diskussionerna gick höga om ett risigt hus med sprickor och en altan som bräderna knappt höll om man trampade på den. Hela tiden florerade orden om krokodiler, ormar och spindlar mellan dem.

"Vi ska passa oss för kängururnas sparkar. Det sa Peter", deklarerade Noa högt.

"Något har fastnat", fnissade Noelle i framsätet.

Efter en kurva dök gårdsplanen upp. Huset liknade en fin sommarstuga med en ljusbrun träfärg, den smälte in i naturen. Altanen såg fräsch ut med ett grått staket. Någon älskade det här stället. Inga blommor eller buskar i trädgården. Låga träd och buskar stod längre bort. Hope hade inte stängt av bilen. Ingen kom ut från huset. Inte heller kikade någon ut från fönstren. Då gjorde hon en u-sväng. Fronten pekade ut mot vägen och bilen var i gång.

"Vi går ur bilen. Ställ er jämte den. Händer det något allvarligt. Stick. Jag ska bara titta igenom huset."

"Jag kan inte köra. Peter visade mig, men jag har bara övat via I-paden", viskade Lova.

"Gör det du lärde dig." Hon vände sig till de yngre. "Kan ni svepa med ögonen mot träden och huset. Bakom de där buskarna kan vad som helst gömma sig bakom. Bra!"

Skyndsamt öppnade hon bagageluckan. Letade. En hammare hittades. Den höll hon i ett stadigt grepp. Småsprang fram till huset. Handen skakade när nyckeln skulle sättas i låset. Då kom hon på det. Gick ut från altanen och runt huset. Visade tummen upp för barnen. Kom tillbaka och satte i nyckeln. Fortfarande skakade handen. Efter många om och men vreds nyckeln om. Med försiktighet öppnades dörren. Soffa, bord och en fåtölj. En tältsäng på vardera sida av soffan. Öppen planlösning. Köksbord. Det var en dörr till, men den var stängd. Smög dit. Tryckte upp dörren och slängde sig bakåt. Dörren smällde rätt in i väggen och där fastnade den. Då kikade hon i dörrspringan. Ingen där.

Med en hög fnissning av nervositet såg hon in i rummet, en mindre dubbelsäng och en liten tältsäng vid sidan. Nattduksbord och ett skåp som påminde om ett linneskåp. Ett steg in i rummet och hon höjde hammaren, slängde ytterligare en blick bakom dörren. Suckade högt av lättnad med vetskap att hon aldrig skulle ha använt hammaren. Peter hade förberett alternativa vägar och ett hem för skydd. Lättad gick hon ut mot bilen. Stannade och kikade mot huset. Om det fanns ormar eller spindlar inomhus hade hon missat att kolla efter det. Barnen informerades, de stod tätt jämte varandra. Lova var beredd med geväret som Peter hade gett Hope.

"Stugan är jättefin. Peter har ordnat det fint för oss. Vilken fantastisk människa!"

"Peter är bäst", svarade lillebror och nickade.

Hon böjde sig ned och kramade minstingen, nästa var Noelle och Lova. Bilen stängdes av. De tog så mycket som de kunde bära med sig i första omgången. När Hope hörde barnens höga rop av lättnad blev hon lycklig.

"Hör ni, jag tror att vi kan leva normalt, men Peter varnade oss. Vi måste se upp för alla slags djur."

Då tittade Noa upp på himlen.

"Nej, titta ner på jorden, Noa. Vi fattade varför han var sträng. Det finns vilda djur och insekter, dem ska vi passa oss för", sa storasyster Noelle strängt.

"Vi ska nog se till var vi sätter fötterna, No ella, min lilla ella", skrek lille Noa glatt och sprang runt gårdsplanen.

"Gå inte nära vattendrag. Titta upp i träden. Ormar och spindlar kan befinna sig ovanför oss."

"Mamma, nu tycker jag att du ska lägga dig och sova en stund. Jag sopar på altanen."

Bara för att Lova nämnde ordet sova var hon nära att säcka ihop. Först kollade hon kylen och spisen. Satte på gasen till kylen. När det fungerade släppte Hope allt och slängde sig i sängen som stod jämte soffan. Somnade innan hon hann ned. På eftermiddagen visade Lova deras lilla sovrum.

"Titta här, mamma. Dörrhandtaget satt fast i väggen. Det har blivit ett hål. Bara inte Peter tror att det är vi", viskade hon förfärat.

"Åh, nej! Det här är pinsamt. Dörren var stängd. Jag slängde upp den. Handtaget fastnade i väggen", muttrade Hope.

"Vad ska Peter säga. Det här huset har ett varmt hjärta skött."

Hope tittade till på sin dotter och fick tårar i ögonen. Fem år av deras liv missade hon. Även om Lova bara var femton år kändes hon som en vuxen.

Två dagar senare hade Peter inte kommit. Livet löpte på. Mat och vatten räckte än så länge. Kylskåpet var fullt av varor. Hope, Lova och Noelle tränade på att sikta med geväret, men de sköt aldrig. Andra saker familjen tränade på var att gömma sig. Tyvärr fanns inte många ställen. Det som allra mest tränades på var bilkörning eftersom de bodde ute i ingenstans. En olycka kunde inträffa. Ifall det värsta hände fick Hope och barnen en möjlighet att ta sig därifrån. Noa nådde inte ner till gasen eller bromsen, däremot fick han styra när Hope körde. Lova körde allt bättre. Annat som var viktigt var övning med självförsvar. Det hade hon fått lära sig av Maria, polisen i Sverige, även Peter hade visat grepp hur yngre barn kunde smita. Tillsammans hade familjen gått igenom instruktionerna varje dag. Mycket var också taget från nätets värld och rörelserna fanns på några papper. Yoga var en del av avkoppling. Läxläsning ett måste.

Långpromenader och utflykter var också viktiga. Var de än gick såg de ljust gyttjebrun bushliknande natur. I vanliga fall hade hon tyckt det var fruktansvärt. En total tystnad rådde, förutom fågelkvitter, vilket var vilsamt. Varje kväll satt de tillsammans på altanen och lyssnade. Barnen satt tysta. Ibland hade de djupa samtal. För varje dag läkte de ihop och Hope kände hur mycket hon kunde koppla av. Dessutom hade de tänkt gå i olika riktningar för att leta efter eventuella gömställen. När de hittade ett ställe som såg bra ut gick jakten vidare efter djur. De hade sett både ormar och spindlar. Backade med skakiga ben när de såg en tarantula. En större och hårigare spindel hade de aldrig sett. Tydligen var de inte direkt farliga, men betten kunde göra ordentligt ont enligt Peter.

"Den måste vara femton centimeter stor. Jag måste kräkas", viskade Hope. Noa stod intresserat kvar och tittade på spindeln. "Kom Noa, den kan bitas."

Ett par gånger hade de sett kängurur. Första gången de hörde en kookaburra blev de livrädda. De trodde att någon låg gömd bakom buskarna och skrattade högt. När de såg fågeln vek de sig av skratt.

Hope förstod att någon alltid borde vara i huset, men aldrig att hon lämnade ett barn ensam hemma. Under sin väg hade de inte sett några krokodiler. Inte heller hade de vågat ta foton. Mobilerna hade stängts av inne i Sydney och fick inte användas. Inte ens en I-pad fanns till hands, den hade Peter tagit med sig. En extra dunk med bensin fanns i bilen. Bilen stod i skuggan av ett träd. Bensindunken var Hope mest orolig över på grund av värmen. Peter hade tänkt på det allt. Inget fattades dem mer än Peter. Stillsamt gick Noa och lekte med sin boll.

Femte dagen i huset kastade familjen frisbee. Ett obehag växte sig allt större.

"Det känns som om vi var iakttagna."

"Jag känner detsamma. Bra Lova."

Vid randen av buskarna rörde sig grenarna en aning. Ett giggle, kanske mer ett fnitter hördes därifrån. Rädslan steg. En dingo, eller ett annat farligt djur? Eller en farlig människa?

"Då gör vi vad vi har tränat på. In nu!"

Kapitel 4

Med snabba steg sprang de in i huset. Alla tog sina platser och kikade ut. Men de fick bara titta fort. Hope kände sig överdrivet löjlig, men allt kunde hända.

"Jag ser ingen. Det börjar kännas lite fånigt", viskade Noelle och fnissade lite nervöst.

"Visst gör det, men vi måste vara försiktiga."

"Wow, en pojke", sa Noa förundrat vid dörröppningen.

"Var? Peka."

Noa pekade mot buskarna vid träden. Då såg hon pojken. En liten pojke med en mörkare ton på huden. Gigglet hon hade hört måste ha kommit från honom. Med skuttande steg kom han närmare huset. En liten glad kille. Lättad kände Hope att ingen fara förelåg.

"Då går vi ut och hälsar", sa hon lugnt.

Gemensamt gick de ut och hälsade på pojken. Givetvis var känslan jobbig ifall det fanns fler bakom buskarna. Hope visste inte var han kom ifrån. Inga hus fanns i närheten.

"Var är din, mamma?" frågade Hope vänligt.

"Inte här. Ibland hälsar jag på Peter."

De presenterade sig för varandra. Pojken namn var Womba Womba. Med vackra nötbruna ögon som gick mot grönt tittade han nyfiket på Noa. Håret var randigt i ljust och mörkbrunt. Pojkarna hade lika lockigt hår.

"Peter arbetar. Är du hungrig?" Pojken nickade. "Jag ska laga soppa. Torrfoder. Vi måste handla i morgon. Noa och du kan spela innebandy under tiden. Se upp för djur när ni sparkar bollen. I buskarna syns inte ormar och spindlar."

Som vanligt var Hope omtänksam och vänlig. Från fönstret såg hon pojkarna leka. Glädjen i barnens höga skratt undgick henne inte. Ögonen tårades. Det var så barn skulle låta, tänkte hon. Glädje. Skratt. Ett ögonkast gick till flickorna. De samtalade lågt med varandra. En liten stund senare hade de en trevlig stund med pojkarna. Därefter försvann flickorna runt hörnet. Hope förstod. Märkligt att en liten pojke ensam dök upp från ingenstans. Hon tittade i kylskåpet. Maten hade minskat avsevärt. Kollade gasen för både kylskåp och spis. Efter en kvart var middagen klar. Tallrikarna dukades fram. Barnen ropades in. Hope tog geväret från Lova och gick runt huset. I ett av skåpen hade hon hittat en kikare. Allt som oftast kikade hon mot buskar och träd. Tio minuter senare var pojkarna ute igen. Noa visade sitt mjukisdjur Tiger. Med intresse tittade pojken på den och fick krama Tiger. Pojkarna hade funnit varandra. Efter att ha städat i köket gick Hope ut och satte sig på altanen. Njöt av att titta på dem.

"Mamma, vill du ha kaffe?" Hope nickade och log.

Lova kom ut med en rykande kaffemugg och ett glas kallt vatten. Efter många tack drack Hope av det goda kaffet. Njöt av glädjen runt barnens glada lek.

Tjugo minuter senare studsade hon upp från stolen.

"Alla! In! Fort!"

Skrattande sprang pojkarna in i huset. Genast satte sig Noelle med dem. I sin tur ställde sig Lova vid fönstret. Deras mamma stod fortfarande kvar på altanen med kikaren mot ögonen. Plötsligt drog hon upp geväret och riktade den mot buskarna. Lova vände sig och gjorde ett tecken till de minsta att vara tysta.

"Mamma, säkringen är på. Du måste lossa den."

"Nej, jag vill inte skjuta ihjäl någon. Vänta."

Lova fortsatte stirra ut mot buskarna. Rörelse kom från dem. Oroad fortsatte hon sitt stirrande. En kvinna kom sakta fram. Fortfarande var geväret riktad mot kvinnan, men sjönk sakta ned. En grupp med personer vandrade in i Peters trädgård. Flertalet såg ut som ursprungsbefolkning. Alla slog ut sina armar, inga vapen fanns i deras händer. Lova gick fram till dörren och öppnade för att höra bättre.

"Vem söker ni?"

"Womba Womba, en pojke på åtta år."

"Han är inne i huset", sa Hope. "Är det din son?"

"Nej, men han brukar hälsa på oss och Peter. Heter du Hope?"

"Vem frågar?" frågade hon tveksamt. "Har ni pratat med Peter? Vi har inga mobiltelefoner", ljög hon.

"Nej, vi har inte pratat med Peter, men vi träffades för någon månad sedan. Då berättade han lite om vad ni har gått igenom. För några dagar sedan fick vi ett samtal från honom. Ni hade delat på er. Jag fick nyligen ett sms. Ni kommer att behöva hjälp. Jag skulle hälsa till dig med siffrorna 123. Du skulle förstå."

"Ifall det hände Peter något så skulle vi eventuellt få hjälp. Vågar ni hjälpa oss?"

"Sedan vita kom till Australien har vi aboriginer haft ett helvete. Jag ska inte gå in på vår historia. Rädda är vi inte."

"Förstod jag rätt? Du säger vi aboriginer, men du är vit. Ursäkta, jag har inte med det att göra. Jag blev bara förvånad."

Kvinnan log ett snabbt leende.

"Min man är till hälften ursprungsbefolkning. Vi bor några kilometer bort. Härute lever vi på lite av varje. Ett gäng är kvar hemma med tanke på ett eventuellt ovälkommet besök.

"Hur kommer det sig att pojken heter Womba Womba?"

"Bland ursprungsbefolkningen gick rykten. Mamman hade varit ihop med en vit man, men han stack. Namnet Wombat har olika betydelser. Ett pungdjur heter oftast Marsupial, en wombat. En av arterna har en randig päls, vit och brun. Du har sett pojkens hår därav hans smeknamn. Enligt prästen heter pojken John efter sin pappa. Pungdjuret rör sig mest om nätterna. Liknelsen var att mamman arbetade i en bar på nätterna. Vi antar detta. Vissa veckor försvinner Womba Womba, men kommer alltid tillbaka till oss eller om Peter är hemma. Rykten går att han tittar till sin mamma. Tyvärr använder hon droger. Pojken lämnar henne om det blir ohälsosamt. Otaliga gånger har han varit i fosterhem, men försvinner alltid."

"Vad behöver vi packa? Allt?" frågade Hope lugnt.

"Ja. Packa i lugn och ro. Vi har en vakt ute vid vägen. Ingen bil. Visserligen finns det tystgående bilar."

"Menar du om en bil dyker upp kan det gå fort?"

Kvinnan nickade vänligt. Genast gick Hope in i huset och förmedlade att personerna utanför var Peters vänner. Barnen hjälpte till. Maten packades ned i en kasse. Flickorna hjälpte till med disk och städ. Gasen stängdes av. Slängde ut det sista vattnet. Med sina ryggsäckar gick de ut till de andra. Kvinnan gick fram till Hope. Efter deras korta samtal lämnades bilnyckeln över. Allt bagage plus skräppåsen låg i bilen. En man körde den till kvinnans hem. Tillsammans skulle gruppen ta sig samma väg tillbaka som de kom.

Vandringen skulle ta runt en timma. En tub med solkräm smörjdes in på samtliga barn samt Hope själv. Kepsarna trycktes ner på deras huvuden. Womba Womba gick barfota och som om han ägde världen. Genast tog Noa av sig sina tofflor slängde dem till sin mamma och härmade stegen. För varje sten han trampade på studsade han till och hoppade på ett ben. Tåligt inväntade Womba Womba honom. Bara för charmen i det log Hope stort och nickade till sina döttrar. Alla tre fnissade. Besökarna gick som en ring runt Hopes familj. Underlig känsla, men ändå tryggt.

Under vandringen florerade samtal mellan dem. Oron satt djupt i Hope, som granskade var och en. Lita inte på någon. Ibland måste du ta beslutet att lita på en person, så sa Peter en gång. Det var det hon gjorde. Måste lita på dem, men hon var vaksam. Där de gick fanns inga vägar bara bushen så långt ögat nådde. En efter en gick över en ytterst liten träbro. Förvånad kikade Hope ned och såg först inte vattnet. Jord och vatten hade samma ljusa gyttjebruna färg. Under den lugna promenaden blev det en viss skillnad. Mer gräs under fötterna. Mer av djurliv. Andra fåglar visade sig. Tid fanns att titta på dessa fåglar. På ett ställe tog Womba Womba upp ett vasst blad från marken. Den skulle han skära i sin arm och sedan i Noas.

"Vänta! Knäpp ihop era händer. Ta din andra hand mot respektives hjärta. Så här." Hope visade dem. Tog ett av barnen i handen och tryckte den mot den andres hjärta. Båda gjorde likadant. "Nu är ni bröder", sa hon allvarligt.

Med tålamod väntade alla på att pojkarna blev bröder. Händer sträcktes mot himlen och de hummade. Givetvis gjorde Hope och hennes döttrar detsamma. Fyrtio minuter senare stannade gruppen.

"Välkommen hem till oss. Det här är min son Aaron och detta är vår dotter Maria."

De hälsade på varandra. Med en snabb titt såg Hope en välmående farm med vissa skavanker. Mannen som tog deras bil hade kommit och lämnat bilnyckeln. Oroligt undrade hon varför de flesta hade vapen, även kvinnans son.

"Ursäkta mig, jag blev stressad tidigare. Vad heter du?" frågade Hope artigt.

"Namn är inte viktigt i sammanhanget. Jag kallas för Cherie."

Cherie ville inte säga sitt riktiga namn. I ett annat liv hade Hope blivit nyfiken, nu orkade hon inte. Kanske hon en dag berättade sin historia när allt var över.

Blicken följde barnen och en förnöjsamhet infann sig. Cheries barn tog väl hand om hennes. Tillsammans gick de in i huset. Alla fick duschat. Hope tvättade upp deras kläder. När kvällen var på ingång åt allesammans ute på gården. Stillhet. Rogivande. Samtal. Fåglar kvittrade. De som bodde på gården hade tid för varandra. En blick hamnade på Lova som såg avspänd ut. Hopes axlar åkte ned. Den inre oron hon hade gällde främst sin äldsta dotter. Det fanns mer i dotterns historia, saker som hon inte hade berättat för Hope. Orden måste komma från Lova själv.

"Jag vet vad du har framför dig. Det kommer att bli mycket tufft", mumlade plötsligt Cherie.

"Har du också vittnat mot en kriminell liga?"

"En gång i tiden var jag en välkänd advokat. Mordhot var ovanliga, men det hände. Arbetet var hårt. Jag sov runt fyra till fem timmar per natt. En dag bad min man om skilsmässa. En månad senare förstod jag att jag var gravid. Orkade inte längre med stressen. Sjukskrev mig i åttonde månaden. Efter det tog jag ta det lugnare. Jag fick min son. Sa upp mig. Sålde min lägenhet och följde en dröm som jag hade haft från tonåren. Vi åkte med bil genom hela Australien. Tog ströjobb där jag kunde ta med min son."

En trollbunden historia rullades upp med bland annat guldsökning. Något som alltid hade fascinerat Cherie, men aldrig haft tid med. Noelle och pojkarna lyssnade med stora öron. Ögonen tindrade om ordet guldsökning. Cheries nuvarande man hade arbetat med guldsökning. Där träffades de första gången och blev goda vänner. När årstiden slog om åkte hon och sonen vidare. Det var ett ständigt resande från och till olika samhällen med timarbeten dit hon kunde ha med sig sonen. Tills hon en dag bestämde sig för bushen och tystnaden. Som tur var krånglade bilen innan hon körde in i bushen.

Bilen bogserades till en verkstad. Hennes vän från guldgrävarlägret arbetade där. Reservdelar beställdes, men det skulle ta sin tid. Då bodde hon på ett litet hotell i Cunnamulla. I väntan på att bilen skulle bli klar umgicks hon varje dag med sin vän. Med honom fick hon se ett annat sätt att leva än att göra karriär. Tidigare hade hennes karriär som advokat varit viktigare än allt annat. Med sitt yrke hade hon fått ett gott anseende. Deras kontor var det bästa och fick de största fallen i Sydney.

"Varje dag såg jag min väns leende och lugnet i hans blick. Då tänkte jag på min första man. Vi hade karriärer båda två. En var läkare och den andre var advokat. Det fanns knappt tid över till varandra. Vår kärlek dog ut. Självklart arbetar vi hårt här, men ingen stress. Vår viktigaste stund på dagen är våra långa måltider och då har vi tid för varandra. Vi är inte rika ekonomiskt, men vi är miljonärer med de våra."

"Så känner jag också. Jag är miljonär med mina barn. Men självklart måste vi ha det basala. Tak över huvudet, mat och kläder."

Den tidiga kvällen gick över till att bli sen. Nu var det Hopes tur att berätta sin historia, vilket framställdes sakligt, med Cheries frågor blev den mer levande. Hope förstod att Cherie var en bra advokat. Ändå höll Hope inne med en hel del.

"När rättegången är över åker du tillbaka till ditt hemland?"

"Jag har fått lov att stanna i landet, men jag tror att det beror på rättegången och hur länge den pågår. Helst vill jag bo i Sverige. För barnens skull. Det beror på deras pappa och var han får sitt straff. Träffar din son sin biologiska pappa?"

"Ja, min exman gifte om sig och fick två barn till. Frun är hemmafru. Vissa sommarlov har han varit hos dem. Träffas gör de, men inte så ofta som de borde. Min son älskar sitt liv här och sin halvsyster. Han kallar min man för papi. De har ett fantastiskt förhållande med långa samtal om livet och gården. Hans pappa stressar på om en utbildning till läkare.

Aaron har ingen önskan varken åt att bli advokat eller läkare."

Samtalen florerade mellan dem om livet och speciellt om barnen. Dagarna gick. Trevande öppnade sig Hope och berättade vidare om sitt liv i Sverige, men också om barnens pappa. Därefter kom berättelsen om den värsta resan någon kunde göra. Livets resa rätt in i ett fängelse utanför Perth. Dömd för grovt narkotikabrott. Smärta i kropp och själ. Hot och kaos när hon förstod hur hennes man och kollega hade lurat henne på praktiskt taget allt. Den djupa saknaden av barnen var värst. Depression till följd av kaoset. Till slut resignation, men de ständiga hoten från mannen var stressande. I fängelset gjorde hon allt för att överleva. Den högsta önskan var att barnen en dag skulle få reda på att hon aldrig övergav dem.

Nästa förmiddag tog Hope en promenad för att få lite egentid. Höll sig i närheten av huset. Tillbaka igen bestämde hon sig för att se vad pojkarna gjorde. Lille Noa hade bytt namn till Nomba Nomba, eftersom hans bästa vän hette Womba Womba. Mjukisdjuret Tiger hade också fått ett dubbelnamn. Leende gick hon runt gaveln till husets skuggsida. Pojkarna brukade leka där. Cherie samtalade med någon. Då stannade Hope och backade. Orden ekade bort till henne. Mitt i ett steg stannade hon och trippade tillbaka för att lyssna.

"Sägs det från fängelsehåll att hon hämtade barnen för att skydda sig? För att folk skulle tro att hon verkligen brydde sig om dem. Ett oskyldigt ansikte kan dölja många hemligheter. Vad sa du, pappa? Kan hon vara en av toppcheferna i syndikatet? Är hon så smart? Oj, det var för Peters skull jag bjöd hem henne och hennes barn. Våra barn umgås med varandra. Har Peter fått reda på det här? Okej. Hej."

Snabbt vände sig Cherie om när Hope tog ett steg fram. Med ett förtvivlat ansikte tittade Hope på henne.

"Lova och Aaron! Jag såg er. Kan ni komma till baksidan!" ropade Hope.

Fortfarande stod kvinnorna stilla. Avvaktande. Tittade värderande på varandra. Ingen tycktes lita på den andra. Sakta och med tårar i ögonen kom Lova. Återigen såg dotterns kropp spänd ut. Lova kände på sig att något jobbigt var på gång. Något tråkigt.

"Jag vill att min dotter hör vårt samtal. Barnen, särskilt Lova, märker på mig när jag inte mår bra. Inget ska undanhållas eller smusslas undan. Jag råkade höra ditt samtal, Cherie", sa Hope lugnt. "Jag vet inte vem din pappa är. En sak kan jag lova dig, i fängelse tar de intagna mutor för olika skäl. Vi litade på er när ni kom till Peters hus. Nu känns det som om du tänker ange mig. Då ska du veta en sak. Någon vill ha fram mig och mörda mig innan mitt vittnesmål. Och, ja, jag är tillräckligt intelligent för att sköta ett jobb och mina tre barn. Jag har två viktiga önskningar i livet, det är att få vara en fri människa, men allra viktigaste är att få se mina barn växa upp i frihet och må bra. Du är själv mamma."

"Menade Cherie att du är med i ligan?"

"Hon fick rapport från sin pappa. Är han polis?" Hope tittade ingående på kvinnan mittemot sig. "Advokat. Är han min advokat? Då kan jag inte lita på honom eftersom han lyssnar på skvaller. Fängelsekunder går inte att lita på. Jag har varit en sådan. Varken jag eller mina barn har gjort något ont." Ansiktet kokade av indignation.

Då ryckte Cherie till.

"Tydligen hade dina döttrar varit med sin pappa på olika brott i Singapore."

Ungdomarna tittade förvirrat fram och tillbaka på de vuxna.

"Du talar om barnens pappa. Han hade inga skrupler att sätta dit mig eller ta mitt liv", svarade Hope och sträckte på sig ytterligare. "Då kan du tänka dig vad han tvingade flickorna till med tanke på att de såg unga och oskyldiga ut."

"Precis så sa pappa. Om vi anmälde honom eller hans fru för brott skulle han sätta dit oss. Vi kunde avvaras. Så sa de vuxna." Lova hade tappat humöret.

Hope reagerade med chock. Flämtade efter luft och tog sig för hjärtat.

"Åhh", pressades ur hennes kropp.

Genast var Lova där och kramade henne hårt. Cheries son kom fram och höll om dem. För första gången började Hope gråta högt av sorg inför sin äldsta dotter.

"Jag vill bara att du ska få vara lycklig, Lova. Förlåt mig, jag valde fel pappa till er." Hon tittade med tårar i ansiktet på Cherie. "Jag är ytterst tacksam att du tog emot oss. Det kommer jag aldrig att glömma. Så jag ber dig att tro på mig. Jag är oskyldig. En gång i tiden var jag en hårt arbetande mamma som gjorde allt för min familj."

"Det stämmer, Cherie. Mamma körde oss till våra fritidsintressen. Satt med oss hela dagarna. Vi pluggade ihop. Jag minns mycket fast jag bara var tio år när pappa och vi barn flyttade till Singapore. Mamma är vår trygghet och vi älskar henne."

"Vad vill du att jag gör, Cherie? Vart kan jag ta vägen?"

"Jag vill att du lämnar mitt hem. DU går en vandring med urinvånarna. Vandringen kommer att ta åtta dagar. Du får leva som de gör. När det är dags för vittnesmålet kör ett par av killarna dig till Sydney. Om du är med i ett syndikat vill jag verkligen inte ha dig här."

Klentroget tittade Hope på den intelligenta kvinnan. Rösten var hård. Nu förstod hon att Cherie hade varit en tuff advokat. Givetvis skyddade Cherie sina egna barn.

"Vi är inte vana vid vandringar där det finns ormar och spindlar, kanske till och med krokodiler."

"Dina barn stannar. Här är de beskyddade. Jag lämnar inte ut några barn. Ljuger du för mig sätter jag dit dig."

"Mamma", sa pojken chockad. "Hope och Lova, hela deras familj är fina människor. Tro inte på allt du hör."

"Jag måste skydda er."

"När sker vandringen?" Återigen droppade tårarna. Magen drog ihop sig. Benen blev svaga. Både Hope och Lova sjönk ner på marken, fortfarande hade Lova sina armar om henne. Hope visste inte vem som tröstade vem. "Jag kan inte lämna mina barn igen. De har varit med om alldeles för mycket. Det är jag som ska skydda dem. Vad gör du om jag vägrar gå den där vandringen?"

"Anmäler dig till polisen!"

Med klentrogna ögon tittade Hope på Cherie. Detta är Cheries hem och hon måste lyssna, men att lämna barnen var nästintill omöjligt.

"Vad händer sedan? Efter vandringen", viskade hon.

"Om du verkligen är oskyldig ska du vittna i Sydney."

"Det ska jag också göra", svarade Lova skarpt. "Jag saknade min mamma varje dag i Singapore. En dag berättade pappa att hon var mördad. Det var han som betalade för mordet. Min lillebror mindes henne inte. Vi börjar äntligen fått rätsida på honom. Hur tror du det känns för min mamma som redan har haft tre trauman. Ett var när hon förlorade oss, två när hon förlorade sitt liv till ett fängelse. Ett brott hon var oskyldig till. Tre, en huvudskada hon fick när hon räddade våra liv. Min mamma är ömheten och vänligheten själv. Aldrig att hon skulle göra någon illa. Jag minns att hon körde andras barn på fotbollsträning." Lova hade rest på sig. "Du är en självgod och elak person. Fullblodsegoist. Du verkar vara en väldigt intelligent person, men du har ingen empati." Rösten lät vantrogen. "Hur ska vi veta vem du är? Kan du ange mamma, då kanske du anger oss. Jag har sett att farmen behöver underhåll. Tänkte du sälja oss till högstbjudande inom syndikatet?"

"Det skulle jag verkligen inte göra. Vad tror du om mig", svarade Cherie indignerat.

"Där ser du. Det skulle inte min mamma heller göra, men henne har du dömt", skrek Lova.

Med tårar i ögonen tittade Hope på sin dotter. Öppnade munnen för att säga att hon måste gå ensam. En vandring kunde bli tuff. Här fick de mat och skydd från djur. Då kom barnen springandes. Lova berättade kortfattat för dem om samtalet de just haft.

Som kattungar sprang de in i mammas famn. Tryggheten. Med smärta i kroppen blundade Hope länge. Orken som tidigare hade runnit ur henne som glödande smärtsam lava, vände och växte till en låga på grund av kärleken till barnen och kärleken de gav henne.

"Jag vet inte vem din pappa har pratat med, Cherie. Har du tänkt på en sak?" Cherie tittade på henne med sitt vänstra ögonbryn lite högre upp. En förnäm dam visade sig. "Någon vill ha bort mig härifrån. Någon vill att jag blir ensam. Då blir jag lättare att ta. En måltavla. Dessutom blir mina barn ensamma. Vill de kriminella ta mina barn? Hämnas på mig? Eller på deras pappa som har förstört en hel del för ligan. Har du tänkt på det?"

"Det finns drönare med kameror som kan flyga ovanför och rotera runt här. De hittar oss på nolltid. Mamma går inte utan oss. Vi är en familj och du ska inte sära på oss. Tillsammans ska vi gå vandringen. Tro inte att min mamma inte förstår dig. Det gör hon. För min mamma är en vänlig människa och har en vacker själ. Detsamma kan jag inte säga om dig. Och än en gång, det finns inget elakt hos min mamma", svarade återigen Lova med ett rött ilsket ansikte. Tösen andades hårt.

"Lova, vi är i Cheries hem och måste lyssna på hennes önskan", viskade Hope till Lova.

"Det ligger något i det som Lova sa, mamma. Drönare kan flyga upp till femhundra meter. Kameror finns i de flesta. Flyger en drönare utan räckvidd flyger den tillbaka. Ganska snart kan de som jagar Hope hitta henne, men också barnen. Tänk på dem som ska vandra därute. De kan till och med bli skjutna med en drönare. Kriminella bryr sig inte om vem som blir träffade."

"Du har rätt, Aaron. Det här blir bara värre och värre. Jag förstår vad min pappa menade. Ni har talets gåva och har förvrängt huvudet på Peter", muttrade Cherie och tittade ned, en pojke ryckte i hennes shorts.

"Vem sa till dig att min mamma är en bov?"

"Noa, hörde du oss?" frågade Hope oroligt.

"Jag heter Nomba Nomba", skrek han. "Ja, vi hörde er. Womba Womba och jag undrade hur din pappa visste att min mamma kunde vara en farlig människa. Hon? Farlig? Min mamma vill bara kramas och pussas. Hela tiden", la han till och suckade djupt. "Eller hur, brorsan?"

"Ja, verkligen."

Då böjde sig Cherie ned och kramade om båda pojkarna.

"Ni två är väldigt smarta."

Exakt samtidigt nickade pojkarna och tittade menande på varandra. Den ene ljus och den andre något mörkare, ljuvliga barn.

"Mamma, vi kan ringa till Peter", sa plötsligt Noelle som ville vara med i samtalet. "Har han hört av sig?"

Omedvetet bet sig Hope på sin läpp. Mobilerna var hemliga. Endast i nödfall.

"Nej, jag …" Hon råkade titta på sina barn och tystnade. "Jag förstår dig, Cherie. När vill du att vi lämnar ditt hem?"

Cherie suckade djupt.

"Tidigt i morgon bitti. Innan det blir för varmt."

"Jag förstår. I stället för vandringen tar vi bilen och åker härifrån. Tack. Barnen och jag känner inte till markerna. Inte heller är vi vana vid farliga ormar och spindlar."

En bil kom med full fart in på gårdsplanen. Tvärnitade. Dammet yrde runt bilen. Ut hoppade två män.

Kapitel 5

"Cherie! Flera drönare flög runt oss. Vi såg ingen, men vi blev kollade."

"Vi som precis pratade om det."

"Lyssna! Hör ni ett surrande ljud?"

Alla stod stilla och lyssnade. Ett surrande ljud växte.

"Då borde en bil finnas i närheten", mumlade Aaron. "Mamma, vi arbetar som vanligt härute. Ni går in i huset. Stå inte vid fönstren ifall drönaren stannar till och får en glimt in i huset. Stäng dörren till ladan. Släng en filt över bilen därinne."

På bara några sekunder försvann de in i huset och gömde sig. Familjen utanför arbetade som vanligt. Pojkarna började bli rastlösa. Febrilt tänkte Hope på vad hon kunde hitta på. En saga tog form i huvudet. Den berättade hon för pojkarna. Tio minuter senare hördes höga röster utanför. Ett par skott ljöd. En dörr smällde igen.

"Det är jag, Aaron." Steg kom närmare. Aarons ansikte tittade fram. "Bra att ni gömde er under fönstret. Jag ska stänga till alla fönster. Risken finns att en drönare flyger in. Mamma tappade humöret och sköt ner en. Som ni förstår finns en möjlighet att ägarna kommer hit."

"Drönarna? Är de fler?"

"Vi räknade till fyra. Jag har aldrig sett drönare härute. Just nu är det bäst att ni är kvar. Jag vet inte vad mamma tänkte på. Vi bor i bushen. Ingen skog, bara låga träd och buskar därute. Det finns ingenstans att gömma sig."

"Din mamma är rädd om er. Jag förstår att hon blev orolig", svarade Hope vänligt.

"Mamma tänkte inte klart. Ute i bushen hade de prickat ner er."

"Jag är tacksam för er vänlighet och kommer alltid att ställa uppför dig och din familj."

"Tack", svarade han lågt och slängde en snabb blick ut. "En bil kom in på gården med tre män i. Var tysta." Han gick ut till sin mamma och styvpappa.

Då bestämde sig Hope. Berättade för barnen vad hon tänkte göra och bad dem att ligga still. Kröp, snarare ålade sig till deras rum. Packade kläderna i deras olika ryggsäckar. Var på väg att stoppa ner Noas mjukisdjur Tiger i hans ryggsäck. Sekunderna tickade på. Tigern var med från Sverige till Singapore och vidare till Australien. Noa sov inte utan den. De hade hittats hemma hos Eve, och i parken, även hos Peter i Sydney, tänkte hon fundersamt. Men också i Peters stuga. Nu här. Fingrarna kände över mjukisdjuret och tryckte överallt. Ögonen tittade hon närmare på. Hon ryckte till. Kröp tillbaka till barnen. Viskade om sändare i ögonen på tigern. Womba Womba lyssnade uppmärksamt, reste sig snabbt och ryckte till sig tigern.

"Nej, Womba!" väste hon, men han sprang ut ur huset hoppade och lekte. "Noa, du stannar kvar och är tyst", viskade Hope till Noa och höll hårt i honom. "Springer du ut tar gubbarna först dig sedan oss. Bovarna har aldrig sett Womba. Jag tror att han hittar på något."

"Du där! Kom hit!" ropade en av männen som stod vid bilen med sin mobil i handen. Womba Womba pekade på sig själv. "Ja, just du!"

En av männen gick sakta runt. Släntrande och på sitt vanliga lilla nonchalanta sätt tog sig Womba Womba till mannen, som ryckte till sig tigern.

"Den är min!"

"Var har du fått den ifrån?"

"Tigern är min. Jag hittade den i stan."

"Var?"

"I stan!" förtydligade Womba Womba högre.

Nonchalant vinkade han bortåt och uppåt någonstans. Övriga i familjen och deras vänner stod tysta och lyssnade. Hope kikade ut bakom gardinen. Viskade vad som hände därute.

"Okej svarting, då frågar jag igen. Varifrån kommer ditt mjukisdjur?"

"Han heter Tiger Tiger och kommer från herr soptunna. Jag letade efter mat. Här är dem snälla mot mig."

"Varifrån kommer du?" frågade näste man lite hövligare.

"Överallt", svarade han, höjde handen och pekade runt med sitt finger. "Jag är en vandrarpojke. Stannar där det ser bra ut. Här tvättar Cherie bort skiten från min kropp, men hon har fortfarande inte fattat att skiten skyddar mig från solen."

Mannen som kallade honom svarting stod närmast bilen började tappa humöret.

"Var bor du? Det borde du väl kunna. Typiskt en svarting. Kan inget."

"Där månen lägger sig på kvällen", svarade Womba Womba kryptiskt.

"Bor du i Queensland?"

"Ja, jag är en liten pojke och kan inte vandra så långt. Men på vägen finns det vatten och mat", sa nu en leende Womba Womba.

Oroligt rörde sig Aaron fram och tillbaka.

"Varför ställer ni så mycket frågar om mjukisdjuret och var pojken hittade den?"

"En vit ljushårig pojke i hans ålder hade den här tigern. I ögonen finns sändare. Pojken har blivit kidnappad från sin far. Förstår ni allvaret?"

"Hur länge har pojken varit saknad?"

"Runt två månader."

"Det var sorgligt. Men jag förstår inte", sa Cherie undrande. "Du sa att den hade sändare. Varför har ni inte hittat pojken tidigare?"

"Den här lilla saken kan ha varit nertryckt någonstans. Flera gånger har vi varit nära, men signalen försvann. Den sista veckan blev signalen starkare", svarade mannen bistert och höll i tigern.

"Då frågar jag igen. Vilka är ni?" frågade Cherie.

En polisbricka visades upp. Cherie gick närmare för att titta, men mannen stoppade ned den i fickan och drog i stället upp foton.

"Känner ni igen dessa personer?" frågade mannen.

Samtliga tittade på bilderna, men skakade på sina huvuden.

"Nej. Har du ett telefonnummer vi kan ringa ifall de dyker upp?" nu lät Cheries röst sockersöt.

Ett kort lämnades över.

I huset slog Hopes hjärta i rasande fart. En visning med fingret att tystnad var viktig. Tillsammans låg barnen i tystnad, fortfarande intryckta vid fönstret. Hope stod bakom gardinen. Samtal pågick därute.

"Var tyst, Noa, Nomba. Vår Womba hjälper oss", flämtade Hope lågt.

En lågmäld och snörvlande liten pojke visade upp sitt ansikte. Hjärtat vred sig i Hopes kropp. Det gjorde ont att andas. Genast la sig Noelle jämte sin lillebror och höll hårt om honom.

"Då frågar jag dig igen, grabben. Var hittade du tigern?"

"Det är bäst att du svarar. Var stod soptunnan?" frågade Cherie vänligt.

"I Brisbaane vid vattnet där alla båtar ligger. Jag tittar alltid på båtarna och drömmer om alla platser jag kan se."

"Var ligger Brisbaane?" frågade samma man otåligt.

"Vid det stora vattnet. Brisbaane", upprepade han sig med ett långt a.

"Menade du Brisbane? Hur kom du hit?" frågorna kom denna gång från Aarons vänliga röst.

"Ja. Brisbaane." Återigen log pojken stort. Ögonen glittrade till. Ett vitt pärlband till tänder visade sig. "Jag tog bussen till Toowomba. Sedan gick jag. Tog en annan buss. Jag känner folk efter vägen."

Nu studsade Womba Womba sin väg med Tiger Tiger, precis som en liten pojke gjorde.

"Pojken springer vind för våg. Då och då dyker han upp här. Vilar sig. Får mat. Helt oväntat försvinner han igen."

"Då åker vi!"

Bilen gasade hårt och svängde ut från farmen. Gruset blev till ett moln av dimma. Fortfarande var alla tysta tills Cherie gick in i huset. Resterande gick bort till djuren. En man tog en lätt motorcykel och körde ut från området. När Cherie kom in i huset stannade hon till.

"Skickade du ut en liten pojke med din sons mjukisdjur? Vad är du för en kvinna? Och du ska vara en mamma. Min far hade rätt om dig."

Fortare än blixtens hastighet sjönk hjärtat som en sten i Hopes bröst.

"Vad är det du säger till min mamma!" skrek Noelle som blev riktigt indignerad. "Mamma undrade varför de hittade oss här också. Mjukisdjuret lämnade aldrig Noa. Mamma köpte den till honom när han var liten. Innan hon försvann från våra liv", skrek hon högt.

"Min syster förklarade inte allt. Efter att mamma nämnde om sändare i tigerns ögon slet Womba den till sig och sprang ut. Vi vågade inte springa efter ifall de skulle ta oss och sedan skjuta alla vittnen. Er. Oss."

"Herregud, den pojken är en överlevnadsmänniska", viskade Hope. "Jag packade ryggsäckarna. Hittade Noas tiger och skulle stoppa ned den. De har hittat oss var vi än har varit. Jag vet inte varför, men jag kände över den. Resten vet du. Vi åker idag, Cherie."

Blicken gick till barnen. De såg otroligt ledsna ut. Tårar steg i ögonen. Återigen fick de åka, men här kunde de inte vara kvar. Inte en timma. Aldrig. Trots allt ville Cherie bjuda på mat. Ingen skulle åka hungrig. Det var Aaron som övertalade dem till att stanna. För Lovas skull tackade hon ja. Klockan blev sena eftermiddagen. Ett samtal kom från mannen som hade kört efter männen. Bilen fanns inte längre i området.

"Vi tackar för er generositet. Du har dömt mig. Jag hoppas att du aldrig behöver känna den smärtan", sa Hope vänligt till Cherie och vände sig mot sina barn. "Vi måste åka härifrån. För deras skull. Vill ni ha samma färg på håret som alla andra här?" frågade Hope sina barn som genast svarade ja.

Efter en timma steg en stolt liten Noa ut med sin bruna peruk för att söka efter sin bäste vän och bror. Alla i Hopes familj hade nu brunt hår och solglasögon. Tillsammans gick de till Peters bil. Med sig hade Cherie filtar. Barnen skulle gömma sig under filtarna i bilen, men inte alla på en gång. Det blev många kramar. Tålmodigt väntade Hope på Lova som tog ett långt adjö av Aaron.

"Jag skulle vilja stanna hos Aaron, mamma. Det går inte nu. De få dagarna vi fick tillsammans lärde jag känna honom. En dag ska vi gifta oss", sa Lova högt och helt oblygt.

"Ja", svarade Aaron kärleksfullt.

Inom sig bad Hope att så skulle det bli. Familjen skulle ta sig igenom helvetet som väntade. Flera gånger hade hon kramat om Womba Womba och kände en sorg över att lämna kvar honom. En liten gladlynt pojke med en öm och vänlig själ.

Någon hade dragit undan skyddet för deras bil. Utanför bilen stod Womba Womba och Noa. Båda pojkarna hoppade in i baksätet. Jämte dem satte sig Lova. Noelle satte sig jämte sin mamma. Den stora matkassen med frystampar i ställdes på golvet vid Noelles fötter. Hope vände sig om.

"Womba Womba, vill du inte stanna här? Ska jag köra dig hem?"

"Nej, ni är min familj. Nomba Nomba är min bror. Du är min mamma och tjejerna är mina systrar."

"Hej, min son, Womba Womba", sa hon och log mot honom.

Försiktigt körde Hope ut ur ladan. Fönstret trycktes ned. Snabbt förklarade hon för Cherie om Womba Womba. Med rädsla över anklagelse om kidnappning frågade hon vad som kunde göras. Cherie tyckte att pojken kunde åka med. Ingen hade riktigt koll på vad han gjorde. Vad hon visste brydde sig mamman mer om narkotika. Ett papper angående Womba Womba lämnades över. Hope läste texten. Allt som Cherie hade tagit reda på om pojken. Dokumentet hade en stämpel från ett advokatkontor, som Cherie skrev på med Hopes namn och sin underskrift. Då sjönk hon ihop av lättnad. Ingen skulle tro att pojken var kidnappad. Cherie skulle dessutom ringa prästen och myndigheten i området där modern bodde.

"Cherie, kan du sms:a Peter. Skriv bara att vi är på väg."

Cherie nickade allvarligt. Tog upp mobilen direkt. Alla vinkade adjö. De körde från huset en annan väg än de kom.

"Bered er på en lång tur. Jag måste hålla mig vaken hela vägen. Tiger Tigers ögon är söndertrampade. Vi ska skaffa nya, pojkar."

"Ja, vi fixar det, Nomba Nomba. Var inte ledsen. Vet du vart vi ska, mamma?"

"Ja, älskade Lova. Jag vet vart vi ska. Men kan inget säga nu. Resan kommer att ta runt nio timmar. När natten kommer måste jag sänka farten."

"Vad gör vi om det händer dig något", frågade Noelle ängsligt.

"Lova får köra. Du sitter där du gör. Ni har Google Maps i mobilen. Mobilerna får ni bara starta upp när det är brådskande. Kör till en större polisstation. Jag laddar min nu. Sedan tar jag era mobiler och laddar dem också."

"Om skurkarna finns därute fäktar Womba Womba och jag ned dem."

"Jaa", svarade Womba Womba och log som vanligt med sitt glada och varma leende.

Ett stort leende dök upp i Hopes allvarliga ansikte. Efter all stress började hon fnissa högljutt. Barnen följde henne i fnissandet. På vägen sjöng de roliga sånger som de hade lärt sig.

"Okej, då börjar vi. Ner under filten nu!" skrek Hope i kommandoton.

Fnissandet fortsatte under filten. En kampsång följde som de själva hade hittat på.

"Väg A71 mot Sydney ska vi följa, mamma."

"Tack, Noelle. Bra karta du hittade i handskfacket. Vi ska inte in i Sydney."

"Hur vågar du köra den här vägen? Tänk om …"

"Vi vet hur deras bil ser ut. Men de vet inte hur vår ser ut. Här är en lapp med bilens registreringsskylt. Visa Lova och pojkarna också." Hope lämnade över lappen till Noelle. "Hur går det i baksätet? Nej! Ni får inte titta upp ännu. Vi har bara kommit till samhället Cunnamulla."

Viskande röster nådde dem som satt i framsätet. Mor och dotter tittade på varandra.

"Har ni en ficklampa, Lova?"

"Ja, det är alltid bra att ha. Jag fick den av Aaron. Vi behöver inte tanka, mamma. Aaron åkte in till Cunnamulla dagen efter att vi kom och tankade bilen. Jag berättade om vårt liv för honom. Ifall det händer något är ni förberedda sa han."

"Fortsätt berätta sagan för oss. Våran egen Love, våran stora kärlek", sjöng Womba Womba och tittade ljuvligt på Lova. Ögonen glittrade på honom.

På ett naturligt sätt hade Womba Womba adopterat dem som en familj. När livet blev värre i baksätet och döttrarnas ansikten såg mer irriterade ut svängde Hope in på en mindre väg.

"Vi stannar här en kvart."

"Men mamma, vi kommer aldrig fram. Du sa runt nio timmar."

"Lova, vi ska köra en timma till. I Nyngan stannar vi innan mörkret kommer. Vi äter och alla får röra på sig. Nu tar vi en kort promenad." Skrämda tittade flickorna på sin mamma. "En promenad runt bilen. Vi jagar varandra. Blodomlopp och muskler behöver rörelse." Titta här på kartan." Båda flickorna följde fingret som deras mamma pekade på kartan. "Står ni ut lite till? Jag sover medan ni äter. När ni är klara väcker ni mig. Kommer någon går ni till bilen och sätter er."

"Ska vi väcka dig, mamma?"

"Ni måste väcka mig. Jag pratar engelska med deras dialekt. Okej? Nu springer vi runt bilen och skojar med pojkarna. Det är jobbigt att sitta i en bil för länge."

"Vi känner det."

Ett stort leende visade sig i Hopes ansikte. Under en bra stund sprang de runt och jagade varandra med pussleken. Varje person skulle ta personen som sprang fortast och pussas. Den som blev pussad skulle jaga nästa som var längst fram. En lek hon hittade på när de gick ur bilen. Redan innan hade hon nämnt om ett toalettbesök i naturen, bakom bilen. Aldrig vara ensam. Alltid vara observant. När Hope vinkade till sig barnen sprang de tillbaka och satte sig snällt i bilen. Än så länge tyckte barnen det var kul.

Återigen svischade skyltar förbi med namnen på orter. Vissa orter var det avstånd mellan. Hade det varit ett annat liv skulle hon ha stannat till och besökt en del ställen. Särskilt dessa med roliga namn, tänkte hon.

Innan kvällningen kom de till Nyngan. Runt en mil efter orten stannade Hope vid en utsiktspunkt med parkeringsplatser. Barnen åt, utom Hope, som lade sig i baksätet. Slumrade oroligt på grund av barnen. Då och då tittade hon upp för att se om allt var bra med dem. De jagade varandra runt bilen.

"Mamma, försök sov. Vi tar hand om pojkarna."

"Tack Lova, ni två är fantastiska. Väck mig om det kommer en bil. Annars väcker ni mig om en halvtimma." Hope var på väg att lägga sig igen, men råkade se Lovas ansikte. Då satte hon sig upp igen. "Är det något du tänker på?"

"Jag behöver fråga dig om en sak. Du behöver vila dig. Förlåt."

"Berätta för mig, Lova."

"Ord sätter sig i huvudet, mamma. Cherie sa att du kanske var en toppchef på en av armarna på ligan Octopus. Du är otroligt intelligent, fokuserar och får saker gjorda. Du tänker på allt."

Tårar steg i Hopes ögon. Stackars unga flicka. Så mycket bekymmer i så tidig ålder. Det skulle ingen behöva uppleva.

"Jag skulle aldrig gå med i en kriminell liga eller utsätta er för brott. På grund av det förstod jag inte att din pappa hade gjort det. Ni ska bli trygga, självständiga, fria och lyckliga människor. Än så länge har det inte blivit så. Därför gör jag så gott jag kan. Vid påtaglig fara kan en människa bli påhittig, andra kan frysa till is och inte klara sig. Än så länge tillhör jag den första kategorin. Jag hade ingen aning vad jag klarade av innan fängelsedomen föll. Jag älskar er till månen och tillbaka."

"Tack för dina ord, mamma. Nu förstår jag bättre."

"Tack för att du stod upp för mig hemma hos Cherie. Jag har tre, nej, fyra barn att ta hand om. Trots att du börjar bli äldre behöver du fortfarande min hjälp. Inte heller vill jag ha det annorlunda. Då hade jag inte fått någon av er tre och nu är vi fem. Jag behöver er. Det är viktigt att du förstår. En alldeles för sen fråga. Vill du ha med dig Womba Womba? Jag tycker om honom, dessutom är Noa gladare. Han har inte fått ett enda raserianfall sedan de träffades."

Hope väntade oroligt på ett svar. Ett leende sprack upp i Lovas ansikte.

"Mamma, du har rätt. Då hade vi aldrig fått vår Womba Womba. Vi tycker om honom också. Han sprider kärlek till oss alla och Noa har omfamnat den."

Med ett stort leende gick Lova till syskonen. Hope kikade ut och såg att döttrarna pratade med varandra. Flera gånger hade Hope läst dikter som Lova hade skrivit. Känslosamma av kärlek eller en enklare modell av naturen med ett stort djup i. Han sprider kärlek till oss alla och Noa har omfamnat den. Underbart sagt, och sådan var Womba Womba.

Utan diskussion kom alla till bilen exakt vid rätt tid.

"Vi börjar bli sugna på riktig mat", mumlade Noelle medan hon smekte sin mamma över armen.

"Vi åt precis kvällsmat. Vi har persikor kvar ifall någon vill ha."

Ingen av barnen tjatade på mat. Det verkar som om de förstod allvaret. Utan sitt äldsta barn hade Hope inte fungerat lika bra. Noelle var på väg in i tonåren visade stor förståelse för situationen. För Hope var det en trygghet att alla hjälptes åt.

Skymningen var på väg. Hope tryckte på gasen. När de kom till Trangie hade det mörknat. Då körde hon exakt på hastigheten. Orten körde Hope snabbt igenom. En stund senare passerades Narromine. Det blev allt tystare i bilen. Barnen hade somnat. Senare dök skylten Dubbo upp. Hon hittade en parkering. Tog till sig kartan och kikade efter Gosford. Backade ut på vägen med kartan jämte sig. Passerade Dunedoo. Vid en korsning höll hon på att köra ut mot Sydney. Fick gjort en U-sväng och körde tillbaka för att komma ut på rätt väg mot Gosford.

Läste på skyltar som passerades. Goulburn River nationalpark. Under sin tid korta tid i Australien hade hon sett att det fanns mycket nationalparker. Ett leende dök upp i ansiktet och hon började drömma om namnen. Precis som om hela nationalparken bestod av en gulbränd flod. Passerade Denman och undrade om det en gång hade bott danska män där. Fantasin hade inga gränser i tystnaden. En och annan bil körde förbi på natten. Passerade skyltar som Kurri Kurri och Heddon Greta. Återigen gick fantasin i gång. Kurri, Kurri kom från en indisk kryddförsäljare som sålde kryddor och ropade Curry Curry. Heddon Greta en utvandrare från Sverige som hette Greta och som alltid hade en hätta på huvudet. Hon visste med sig att det inte alls stämde med översättningen. Men roligt hade hon.

Stirrandet ut i mörkret gjorde henne mentalt trött. Kroppen kändes alltmer ansträngd, men snart skulle de komma fram. Seahampton passerades. Några mil till och hon skulle svänga av mot Gosford. Hittade en parkering och körde in i den. Tog upp mobilen, den körde i gång. Öppnade fönstret en aning för att få luft. Mitt i natten var det en behaglig värme. Nyckeln till huset hade hon i väskan och en i fickan – för säkerhets skull. Adressen som nyckeln passade till hade hon i huvudet. När Google Maps kom upp matades rätt adress in. Startade bilen och följde kartan i mobilen.

"Mamma?" Hope hoppade till.

"Ssh. Sov. Vi är framme om cirka en halvtimma."

"Hur orkar du?"

"Jag orkar, Lova."

Inget svar. Lova hade somnat om. När Hope såg skylten Stricklandfallen ryckte hon till. Då var det inte långt kvar till Gosford. En ort som Hope hade önskat att familjen kunde få bo i för ett tag. Gemensamt kunde de besluta sig för var de hade möjlighet att bosätta sig. Lycka i barnens ansikten, det var hennes arbete och valspråk. När hon såg hur glada barnen var av skratt och bus, då skrattade hon i själen. Den bästa känslan av alla. Glädje. Men hon var fruktansvärt trött och kände sig väldigt ensam.

Skylten Gosford dök upp, hon körde in i staden. Inte långt ifrån den stora motorvägen och busstationen var bostaden belägen. Ett hus som var uthyrd av någon, som kände någon. Hon mindes inte vad Peter hade mumlat om.

Närhet av Sydney fick de lättare att ta sig in i staden. I väntan på den stora rättegången var staden Gosford den bästa enligt henne själv.

Sakta fortsatte hon på väg A 49 York Street. Vägen bytte namn vilket förvirrade henne, men skylten A49 dök upp igen. Tröttheten var värre än värst, dessutom var det kolsvart ute. Trots kartuppläsare körde hon fel ett par gånger. Tvingade sig att lyssna ordentligt på rösten från mobilen. När en stor busstation dök upp på vänster sida visste hon att det inte var långt kvar. Kvarteren kändes som block och stora kvadrater. Villor började dyka upp och låg tätt inpå varandra. På ett av husen stod det trettionio. Uppfarten var stor. Blå dörr. Men hon hann köra förbi.

Trött ända in i själen backade hon sakta bakåt. Backade förbi nummer trettionio och backade lite till. Himlen var kolsvart. Kodnumret till larmet var memorerat. Rädslan att någon okänd person kunde befinna sig därinne var svår, men också att hon kunde utsätta sina barn för de värsta odjuren. Det gjorde grymt ont.

"Lova. Lova." Hon tog på Lovas ben. "Förlåt, blev du rädd?" viskade hon till dottern som ryckte till, vaknade och såg vettskrämd ut.

"Har det hänt något? Är vi framme? Du har stannat."

"Noelle, ssh. Allt är bra. Vi är framme. Ni måste vakna. Lova, sätt dig i framsätet. Jag ska gå till huset där vi ska bo för ett tag. Först vill jag se att allt är bra. Om jag inte kommer ut inom fem minuter vet ni vad ni ska göra."

"Vad ska vi göra?" frågade båda med skräck i ansiktet.

"Kör härifrån. Vänta inte på mig. Ta det lugnt, flickor. Inget ska hända. Detta är bara en säkerhetskontroll. Vi måste alltid tänka på vår säkerhet. Okej?"

Lova kravlade ur bilen och satte sig i framsätet. Stilla och lugnt smekte hon dottern över kinden. Pussade hennes kinder. Sedan gick hon över till andra sidan och gjorde likadant med Noelle.

"Era mobiler är laddade. Kolla era klockor. Fem minuter. Har jag sagt att ni är fantastiska? Det är ni."

Vände sig abrupt om och gick. Varje steg från barnen kändes som ett pistolskott i kroppen, inte bara stelheten för att ha suttit länge, utan mest för rädslan. Den slog som vassa piggar i henne. Dosan, larmet till huset, skulle sitta till vänster om den blå dörren. Ficklampan på mobilen sattes på. Hon lyste först på dörren. Blå. Vände sig mot väggen och dosan.

Först var det en kod för att få upp locket. Hon slog in siffrorna. Kände på locket. Den gick upp. Ytterligare samma kod med ett tillägg av siffror. Grönt ljus. Med dörrnyckeln öppnades dörren försiktigt, hon klev in. Lampan lyste fortfarande från mobilen. Dörren lät hon vara öppen. Plötsligt stelnade hon till. En närvaro kändes alldeles för starkt för att nonchaleras. Tystnaden gjorde ont. Ljuset från mobilen skakade. Rädslan stack som tusen nålar.

Då kände hon något hårt mot tinningen.

Kapitel 6

Sekunder tickade på. Dörren stängdes. Ljuset tändes. En hand tog ett tag om mobilen. Hon hade misslyckats. Fortfarande stod hon kvar i samma ställning. Rädslan över barnen som satt därute ensamma var värst.

"Du kan ta ned händerna." En mansröst. Inget hände. "Du kan ta ned dina händer."

"Jag är rädd", viskade hon och skälvde okontrollerat.

"Hope, du är i trygghet. Var är barnen?"

"Peter", viskade hon och snyftade till. "Jag var rädd att du var död." Snyftningarna steg. "Barnen sitter i bilen längre upp på gatan."

"Jag sa att hon var smart", sa Peter till någon bakom henne. "Är ni hungriga?"

"Ja, jag behöver hjälp med pojkarna. De sover."

"Pojkarna?"

"Womba Womba och Noa träffades. Från dag ett är de bröder."

"Är han med er?"

"Ja, han har adopterat oss. Numer har jag fyra barn." Männen tittade länge på henne. "Jag måste hämta dem. Fem minuter har snart gått. Flickorna fick order att köra om jag inte kom ut."

"Då går vi med en gång."

Både Peter och Hope gick mot bilen, den startade och började rulla. Då skyndade Hope fram och ställde sig en bit ifrån fronten och gjorde tummen upp med ett stort leende. Fönstret gled ned på förarsidan. Hope sprang till bilen.

"Peter står där", viskade hon högt och pekade.

116

"Våran Peter?"

Dörren till passagerarsidan flög upp. Ut hoppade Noelle och sprang in i Peter famn. Hennes gråt hördes till bilen. Då började Lova snyfta. Skyndade ut även hon och klängde sig fast i Peter. Hope satte sig i bilen. Körde fram till huset. Parkerade. Väckte pojkarna. Ryggsäckar och annat lyftes in i huset. Sömndruckna följde pojkarna efter dem. Systrarna höll hårt i deras händer. Bilen kördes in i garaget.

En man stod i köket och ordnade en ordentlig middag. Två toaletter fanns i huset. Genast bildades en kö.

"Jag skulle kunna dö för en dusch. Nej, jag menade inte orden. Är det okej om jag duschar innan middagen? Jag är rädd att jag somnar utan att ha duschat."

"Peter, när vi kom till din stuga ramlade mamma ner i sängen. Sedan var hon död."

Peter och mannen skrattade högt åt Noelle. Med ett leende letade Hope i ryggsäcken efter rena kläder. Hörde deras röster tills hon låste dörren om sig till badrummet.

"Jaha, Womba Womba, du har en ny familj. Då behöver du inte din vandring längre?" frågade Peter allvarligt.

"Nej, jag har kommit hem. När vi blir stora ska jag visa min bror hur en vandring går till."

"Du vet vad jag har sagt. Man tar inte från andra för att få mat. När du fyller tio år kan du få fängelse. Förstår du? Vad tror du din nya mamma skulle säga?"

"Hon hade pussat och kramat mig. Vi fixar det här skulle hon ha sagt", fnissade han.

"Kan man få fängelse redan vid tio års ålder? Skolorna här då?" viskade Lova häpet.

"Ja, det beror förstås på vad som hänt. Skolorna är i åldern från sex till sexton år. Kommunala skolor kostar inget. Förskolan får du betala någon avgift."

"Hur var det i Singapore?" frågade den andre mannen som höll på med maten. Peter hjälpte till.

"Ungefär samma som här. När vi kom till Singapore fick Noa börja skolan, då var han bara tre år. Noelle och Noa kunde ingen engelska. Jag kunde lite. Vi fick lära oss engelska, men också mandarin. Hemma pratade vi barn svenska med varandra. Det tyckte inte tant Zoe om. I Singapore kan alla få bra utbildningar."

"Ni saknade er mamma, förstår jag", sa mannen vänligt.

"Det var hemskt. Noa grät hela tiden. Vi sov i samma säng. Pappas fru, tant Zoe, tyckte inte om det heller. Den första tiden fick vi det sa pappa. Sedan skulle vi få var sitt rum. Med tiden tvingade han oss att sova i olika rum. På natten sprang vi in till varandra. Viktoria var där, men hon var konstig. Sur. Sa inget."

"Konstig? Sur?" frågade Peter som gjorde sallad.

Barnen satt på barstolar och tittade intresserat på de vuxna männen.

"Jag minns inte Viktoria", babblade Noa.

"Inte jag heller", svarade Womba Womba i sin tur.

"Noa, kommer du ihåg att Viktoria var mörkhårig? Inte? Hon pratade svenska med oss. Var kompis med mamma och pappa."

"Lite. Kanske", svarade han och ryckte ointresserat på axlarna.

Ut från badrummet kom Hope som hade tagit en snabbdusch.

118

"Peter, för länge sedan visade min pappa oss foton och videoinspelning på de vuxna i Singapore. Minns du att vi tyckte att Viktoria såg svartsjuk ut, särskilt när hon tittade på Daniel och hans fru." Hope vände sig mot barnen. "Skulle Viktoria ut och resa? Berättade hon det för er innan hon försvann."

"Nej", svarade Noelle och stoppade i sig en söt tomatklyfta.

"Jag läste om Singapore innan jag åkte dit. Vet ni att sexuella handlingar mellan män kan ge fängelse. Tydligen tror de inte att kvinnor kan vara homosexuella. Angående journalister är pressfriheten begränsad. Slå barn i hem och skola är tillåtet."

"Jag fick rapp över mina händer i skolan", berättade Noelle.

Hope ryckte till och blev blodröd i ansiktet.

"Vad hände?" frågade hon sin lilla dotter allvarligt.

"Jag sa emot fröken. När jag fick rappen sa jag till fröken att min mamma aldrig hade slagit mig."

En kram och flera högljudda pussar på kinden fick Noelle av sin mamma.

"Har ni tvättat händerna?" frågade Peter pojkarna syrligt.

"Ja, alldeles förut", svarade Womba Womba artigt.

"Hur länge sedan är alldeles förut? Innan bilresan?" Peter kände tydligen Womba Womba.

"Kanske det."

"Gå och tvätta er allihop." Peter satte fram ett glas vin till Hope. "Till maten, men mest för att du behöver varva ned.

Det blir din sömntablett. Du har kört hela vägen. Det är en prestation. I mörkret är det tufft."

"Bra vägar. Jag klarade av att hålla mig på vänster sida", svarade Hope generad över berömmet. Smuttade på vinet. "Det var utsökt gott. Australiensiskt vin. Lindeman. Mamma hade det här vinet. Finns hemma på Systembolaget."

"Där ser du. Vi har connection."

Då log hon med hela ansiktet. Just i det tillfället såg hon vacker ut. Sårbar var rätta ordet. Pojkarna kom tillbaka och visade Peter sina rena händer. I sin tur tittade han noga på dem. Det var då Hope visste. Det var då hon kände det i hjärtat. En godhjärtad och vänlig man. En trygg person, någon att hålla i handen, en man som verkligen bryr sig.

"Varför nickar och ler du för dig själv, mamma?" frågade Lova nyfiket.

"Gjorde jag?" svarade hon och blev generad. "Vinet var gott. Lukten från maten är underbar. Tänk att vi blir serverade av två vänliga män."

"Ja, de är verkligen vänliga", svarade pojkarna, men Womba Womba hade en viktig fråga till Peter. "Måste jag tvätta händerna varje dag? Flera gånger?"

Godmodigt förklarade Peter hur viktigt det var med handhälsan. Han förklarade vidare om bakterier som samlades särskilt på händer och under naglarna. Ungarna tittade noga på sina händer.

"Jag ser ingen skit under dina naglar, Womba Womba. Du är ju mörk. Titta på mina naglar. Där syns skiten tydligare", sa Noa kaxigt.

Bara för att Peter hade nämnt om smutsen under naglarna skyndade Noa ut till badrummet igen. Genast följde Womba Womba efter. De andra fem tittade på varandra och exploderade av skratt.

"De två har blivit ett", skrattade Peter. "Hur ska du klara av fyra barn?"

"Flickorna är fantastiska. En till pojke gör bättre skillnad. De har varandra. Womba Womba är en glädje för oss och ett charmtroll. Noa mår mycket bättre. Känner sig inte ensam längre och får inga utbrott."

"Pojken är mörk. Är du inte orolig om någon skulle fråga om honom?" frågade Peters kollega, som fortfarande inte hade sagt sitt namn.

Men Hope förstod. Ju mindre hon visste, desto bättre.

"Jag fick ett papper av Cherie att han får bo med oss. Prästen och Cherie skulle meddela mamman."

Letade efter dokumenten från sin väska, lämnade över dessa till Peter och hans kollega. Medan Hope väntade med att få tillbaka papperet märkte hon inte vad som hände. Det dunsade till.

"Aj, det gjorde förbannat ont!" skrek hon högt. "Vad hände? Gick stolen sönder?" frågade Hope förvånat och ställde sig upp.

"Du somnade, mamma. Stolen välte och du ramlade ner på golvet", svarade Womba Womba som klappade om henne.

"Igen. Du har gjort det till en vana", sa Noelle förnämt.

"Ät." Peter ställde fram en tallrik med lite mat och sallad. "Ät!"

Genast åt hon av den himmelskt goda maten. Fisk och ris med en sås som hon kunde äta med en sked, men det gjorde hon förstås inte. Salladen var också god. Tomaterna och löken var söta. Hon rapade högt i handen. Tittade på tallriken. Hon kunde förstås slicka tallriken.

"Tack så hemskt mycket. Frukosten var utomordentligt god. Undra hur middagen blir. Jag går upp och lägger mig. God natt", mumlade hon och tog ett par haltande steg. "Står alla sängar i vårt rum?"

"Ja."

"Ska ni sova i samma rum?" muttrade Peters kollega.

"Om det händer något vill mamma ha oss i närheten", svarade Lova vänligt och log.

"Oj, ni behöver duscha", mumlade Hope till pojkarna.

"Jag gör det. Gå och lägg dig. Killar kom hit!" Peter var bestämd.

"Vi har tvättat händerna."

"Inte kroppen. Mat först sedan dusch."

Womba Womba trilskades, men brodern Nomba Nomba sa till honom på skarpen.

Hope hörde något om att dela sängen med en smutsig gris. Hon orkade inte ens le. Kollegan till Peter visade vägen och tog ett par ryggsäckar. Likadant gjorde Hope och följde honom. Tog fram pyjamas till pojkarna och lämnade över dessa till kollegan. Döttrarna skulle duscha efter dem. I sovrummet fanns en dubbelsäng och två enkelsängar. Innan mannen hann säga något sjönk hon ned i dubbelsängen. Madrassen var skön. Kuddarna var som ett stoff av moln. Täcket kändes ljuvligt mot kroppen.

"Underbart", sa hon högt och blev tyst. Mer mindes hon inte.

Sakta vaknade hon. Det var tyst i rummet, utanför var det livat. Hon tog första steget mot fönstret och haltade till. Vänstra benet gjorde ont. Då mindes hon att hon hade somnat och ramlat av barstolen. Såg en swimmingpool som barnen lekte i. Lyckliga barn. Huset var hyrt för ett par månader. Det var enligt vad som skulle berättas för grannarna.

Gick försiktigt ner till bottenvåningen. Hallen var stor och ljus. Till höger låg köket med öppen planlösning. Ett stort vardagsrum i direkt förlängning som gick ut till altanen där swimmingpoolen fanns. Perfekt att laga mat och ha möjlighet att se vad ens barn gjorde. Plötsligt stannade hon till. Det glittrade mellan träden. Havet låg en bra bit bortanför trädgården. Med öppen mun stod hon och stirrade. Gick ut och fortsatte titta. Stod så en stund. Peters vän satt i en solstol och läste tidningen.

"God morgon. Det kommer väl inga saltvattenskrokodiler upp från vattnet? Jag menar en bjässe på ettusen kilo som tar sig in."

"Jag har inte hört något", svarade mannen vänligt.

"Har barnen fått frukost? Jag måste ordna något för dem."

"Frukost? Klockan är ett på dagen. Lunch vore inte dumt."

Hope gick in till köket och gjorde en rejäl lunch till samtliga. Äggröra, sallad, stora saftiga solmogna tomater skivades upp, gurka, bröd, korv, allt annat smått och gått som hittades i kylskåpet. De satte sig utomhus, men Hope satte sig så att hon såg vattnet. Mannen vred på huvudet, i fönstret såg hon skuggan av hans leende.

"Jag kommer från ett land som inte har farliga djur. Jo, varg och björn, men inte i staden där jag kommer ifrån. Fästing är ett annat litet djur som man inte vill ha på kroppen. Vildsvin finns. Men här finns dödliga spindlar, ormar, hajar, krokodiler och mängder av andra konstiga djur."

"Du behöver inte vara rädd. Var bara observant. Du lär dig. Var skulle du vilja bo när allt det här är över?"

"Det beror på mina barn. Helst vill jag flytta hem till Sverige. Min mamma och syster bor där. Pappa träffade en kvinna här i Australien, de har flyttat ihop tre månader i taget."

"Vet Peter om att du vill bo i ditt hemland?"

"Mamma, vill du bo i Sverige? Jag minns knappt något från den tiden. Snälla mamma, jag vill bo här i Australien hos Peter."

"Jag hör dig, Noelle. Det beror på Australien. Vi har fått ett tillfälligt uppehållstillstånd som gäller ett år, efter rättegången vet jag inget. Helst vill jag bo här i Gosford. Jag har läst om staden. Den har bra förbindelser med Sydney och andra orter."

"Du har inte råd att bo i det här huset."

Ett stort leende visade sig i Hopes ansikte.

"Det förstår jag. Överallt i världen kostar det att bo nära vatten. Jag är tacksam för en liten lägenhet. Det gör inget om vi bor trångt bara vi får vara tillsammans." Plötsligt blev hon tyst och tittade på Womba Womba. "Han får inte flytta med till Sverige. Då hoppas jag verkligen att vi får stanna här i Australien", sa hon lågt och nickade mot Womba

124

Womba. "Om jag får adoptera honom får han följa med till Sverige."

Diskussionerna fortsatte tills de blev avbrutna. Lova studsade upp från stolen och såg strålande lycklig ut.

"Aaron!" skrek hon och slängde sig i hans famn.

Efter honom kom Cherie. I famnen höll hon mängder av mappar. Aaron bar på en kasse.

"Vi har ett arbete att utföra. Du och Lova behöver gå igenom material tills rättegången. Jag kommer att förhöra er från båda håll. Jag vill också se hur ni agerar i ett bås."

"Vad menade du? Ska mamma och min syster sitta i ett bås? Vad gör vi under tiden?" frågade Noelle med stora ögon.

"Du och din bror ..."

"Jag och mina bröder."

Då log Cherie.

"Du och dina bröder får stanna här."

Då rusade pojkarna upp och ställde sig runt Hope.

"Ska du åka bort, mamma", viskade Noa ängsligt.

Stora tårar rullade nedför deras kinder. Pojkarna höll desperat om henne.

"Vi har pratat om att Lova och jag ska gå på en rättegång. Det gäller din pappa. Han var inte snäll mot oss."

De diskuterade en liten stund tills barnen lugnade sig. Då vände sig Hope om till båda flickorna.

"Jag är tacksam att du är här med dem, Noelle. Men Lova, jag önskar att du inte behöver visa dig under rättegången."

Då darrade Lova synligt. Häpet tittade Hope på sina döttrar. Blicken gick fram och tillbaka.

125

"Vi vill vittna mot pappa. Noelle och jag har pratat om det."

"Vill ni höra sanningen?" De nickade. "Ni kommer att bli exponerade för journalister och andra människor. Särskilt de kriminella", sa Hope allvarligt och drog ett djupt andetag. "Än så länge bestämmer jag. Ni ska inte synas. Ni ska leva ett vanligt liv med vanliga människor. Jag säger ett bestämt nej till det." En stor lättnad syntes tydligt hos flickorna. "Stanna här. Bada. Njut. Läs. Plugga. Gör ni det mår jag bra. Efter rättegången kommer jag tillbaka och hämtar er. Tills dess är vi här tillsammans."

"Jag vill ändå att alla ska veta vad pappa gjorde mot dig och mot oss. Kan vi bli utfrågade tillsammans och inspelade på video? Är det någon slags hjälp? Kommer pappa ut från fängelset letar han upp oss."

"Därför ska ni inte vittna emot honom", svarade Hope bistert.

"Det räcker att vi är här med dig. Kommer du till skada, mamma, kommer vi också till skada. Är vi tillsammans mår jag bra i mitt hjärta. Vi måste göra något, Lova." Noelle hade tårar i ögonen.

"Pojkar, ni får lämna bordet. Gå och lek." Hope log varmt mot pojkarna.

Hennes små charmtroll. Ett kort ögonblick hade hon vaknat för att se var hon var någonstans. En liten pojke låg klistrad intill henne på varje sida.

"Finns det något att göra för flickorna, Cherie?"

"Vi kan försöka med en intervjuad inspelning. Jag ska höra med en psykolog."

"Men jag vill inte visa upp dem. Inte heller ska någon känna till deras existens. En sak behöver jag. Mer skolböcker för barnens undervisning."

"Jag kan ordna med en del läroböcker. Kollegieblock och pennor kan Aaron köpa. Men jag tycker att flickorna är gamla nog att intervjuas i en domstol."

"Du lyssnade inte. Mina döttrar är inte gamla, Noelle är bara tolv och Lova är femton år. Med världens ögon stirrande mot dem vill jag helst inte att de frågas ut. Du har egna barn."

"Jag förstår dig. Deras vittnesmål hade varit till hjälp, men jag ska se vad vi kan ordna."

Genast satte sig Hope till rätta. Tog mapp efter mapp och började läsa. Skrev notislappar om frågor. Då och då tittade hon efter pojkarna. Noelle och hennes nya väninna, Cheries dotter, satt med en läxbok. Aaron och Lova hade ett djupt samtal. De höll varandras händer. Tårar steg i ögonen. Njut av livet, tänkte Hope. Sammanbitet försökte hon pussla ihop tiden innan, under och efter tiden i fängelset. Farhågorna att han kunde gå fri var värst.

"Ska ni åka hem snart", frågan kom från Lova och hördes bort till Hope.

"Inte än. Just nu ska vi bo i ett av rummen i huset."

"Aaron, så underbart."

Ett skimmer av kärlek syntes runt ungdomarna. En kärlek som skulle kunna hålla livet ut. Om de fick rätt verktyg med sitt förhållande, men svårigheter skulle komma under en rättegång och med den farliga människor. Hope slängde en blick på Peters kollega som läste en tidning, ofta svepte hans blick runt omgivningen. Ett samtal kom till mannen som reste sig, lämnade tidningen och gick in i huset. Nyfiket tog Hope tidningen och läste i den. Sida upp och sida ned plöjdes igenom.

En bomb hade hittats nära domstolen i Sydney dit hon skulle. Blicken tvingade sig till nästa sida. I närheten hade en ljushårig kvinna blivit mördad. Då slutade Hope att andas. Fotot på kvinnan liknade henne, tyckte hon själv. Andras liv var inget värt för vissa kriminellt belastade personer.

Den eftermiddagen hade de vuxna ett allvarligt samtal om bland annat bomben och kvinnan i tidningen. När kvällen kom packade Hope en liten ryggsäck med viktiga kläder. Hon förstod på Peters kollega och Cherie att hon i vilken dag eller timma som helst kunde bli hämtad. För att gömmas närmare domstolen. Med andra ord, hon skulle vara förberedd. Snabbt checkade hon av ryggsäcken. Pass, legitimation, tandborste, tandkräm, allt annat som tillhörde kroppen plus ombyte av kläder och ett par skor. Solglasögonen låg i facket utanför. En keps låg nertryckt. Mobilen hade hon med sig vart hon än gick.

"Peter, vem skyddar mina barn?"

"Vi delar på dem. Det blir bäst så. Bli inte orolig, Hope."

"Du får inte dela på dem. Barnen behöver varandra. Ingen söker efter fyra barn. Missförstå inte min oro."

"Det är lättare att dela på fyra barn, än att hålla reda på fyra barn. Du måste förstå det."

"Barnen blir stressade utan varandra. Förlorar tryggheten. Lova och Noelle hjälps åt, även pojkarna vet när det är allvar."

Peter tittade ned på golvet och suckade, men Cherie lyssnade på en förtvivlad mamma.

"Peter, Hope är inte orolig för att rättsväsendet ska klara av att handskas med barnen. Oron gäller att hon inte hittar dem efter vittnesmålet, särskilt om barnen är uppdelade. Barnen är trygga tillsammans. Förstår du inte hennes panik-känsla?"

Ett par dagar gick i lugn och ro. Det som hon kallade för återhämtningsdagar. Egna planer tog form, särskilt när hon hörde polismännen som fick samtal från högre ort. Kollegor sjukskrev sig eller hade hamnat på sjukhus. Ligan, det förstod Hope. När hon var ute och joggade tillsammans med Peter kikade hon av omgivningen. En dag joggade hon själv, turen gick till bussarna. Mest för att se vilka nummer som gick till Sydney. Men också hur folk stod i kö och var de köpte biljetter. Allt måste gå smärtfritt. Inga frågor till busschaufförer eller andra. Ingen fick minnas henne, med keps på huvudet passerade Hope på avstånd.

Under dagarna som gick blev flickorna intervjuade i ett rum med ett skynke runt dem. En barnpsykolog satt med. Hope var med alla gånger, men satt utanför rummet. Inget skulle synas utåt var barnen befann sig, bara händer och ben skulle visas. Pojkarnas lek såg hon genom ett fönster. Ett par gånger gick hon ifrån när leken blev för vild. Plockade samtidigt bort disk och Noelles lilla vackra hårborste från bordet. En doppresent från morföräldrarna.

En vecka senare stod Hope och strök kläder på övervåningen vid fönstret. Havet glittrade vackert. Barnen var på altanen med de andra. Fönstret var öppet och släppte in ljummen vind. Doften av sälta kom till henne. Manliga röster svepte in. Trygghet. Tidigare var strykningen en av hennes värsta sysselsättningar nu var den rogivande. Leende hörde hon rösterna utanför och njöt av friden. Stillhet. Frihet. Hon kunde nästan ta på känslan. Ingen var gladare än hon när barnens skratt ekade in. Klädesplagg efter klädesplagg blev färdiga och låg hopvikta efter konstens alla regler. En båt gled upp i synfältet. Havet glittrade som diamanter.

Då hände det som inte fick hända.

Kapitel 7

En skjorta fastnade i strykbrädan. Strykjärnet föll ned på golvet. Skyndsamt böjde hon sig för att ta upp den. Ett högt gällt skrik ekade någonstans ifrån samtidigt exploderade det. Skrik. Gap. Förvirring. Lutad mot väggen satt Hope med strykjärnet i handen. Trumhinnorna började tjuta och gnissla till och från. Yrseln gjorde henne förlamad. Ryggen, men särskilt bakhuvudet sprängvärkte.

Fönstret var borta. Gardinerna brann. Stryktvätt låg överallt. Slött gled blicken vidare ut till hallen och rummet på andra sidan. Ett stort hål fanns ut mot gatan. Förvirrat satt hon kvar i samma ställning. Röster utifrån ekade in och ut. Skrik. Snabba pistolskott. Förvirrat försökte hon resa sig med strykjärnet fortfarande i handen, men sjönk ned. Svimmade på grund av smärtan i bakhuvudet. Med dimmig blick fokuserade hon. En kvinna stod över henne med en pistol i handen.

Automatiskt lyfte hon händerna. Den högra sidan kändes tyngre. Strykjärnet. Då fnissade hon lite dumt. I samma ögonblick gled en tår nerför ögat. Med yrseln och dimsynen såg hon suddigt. Kvinnan rörde på läpparna, inget hördes mer än tjutet i trumhinnorna. Då tog kvinnan ett tag i Hopes hår. Vapnet närmade sig. Med båda sina ben saxade Hope fast ena benet på kvinnan och gjorde ett utfall mot henne. Kvinnan höll på att förlora balansen. Med styrka fick Hope tryckt in strykjärnet mot kvinnans bara ben, vilket gjorde att kvinnan genast släppte greppet om håret. Den brända lukten av mänskligt kött spred sig i rummet. Hope släppte

131

hennes ben och kräktes. Kvinnan skrek och hoppade runt på ett ben. Lyfte återigen pistolen mot Hope.

Ett dovt ljud ploppade in i öronen. Återigen släppte tjutet i öronen. Personen framför henne föll som en fura. Kvinnan hamnade nära henne och låg stilla. Lika stilla satt Hope kvar med strykjärnet i handen. Efter manövern hade yrseln blivit försämrad. Peters kollega stod över henne. Munnen rörde sig. Då tog han sig för sitt öra. Fortfarande tittade hon på honom. Huvudet sprängvärkte.

Han gick ut från rummet och kom tillbaka. Böjde sig ned och lossade hennes grepp om strykjärnet. I full fart kom Peter in med ett block i handen.

De kom med båt och sköt med en raket. Polis sköt med k-pist mot båten, den försvann. Var har du ont?

Med slö blick läste hon meddelandet och hade svårt att fokusera. Förstod inte riktigt vad hon skulle göra. Pekade på huvudet och på ryggen. Var inte säker på att hon gjorde rätt. Barnen, hon visade med ena handens fyra fingrar, men de fladdrade fram och tillbaka. Blev mer intresserad av fingrarna än något annat. Öppnade munnen igen och trodde att hon sa något. Skallen värkte oavbrutet. Men tjutet hade kommit tillbaka i öronen och gjorde det värre.

Febrilt skrev Peter i blocket. Två män stod bekymrat över henne och diskuterade med varandra. Mannen hade varit i väg och hämtat handdukar. Dessa slängde han ned på golvet för att blodet skulle sugas upp från kvinnan. Peter pekade på kvinnan och skrev.

Död. Du ska till sjukhuset. Vi lägger dig på en dörr och tar ut dig via baksidan. Barnen …

Någon nöp henne. Ögonen vill inte öppnas, men hon kämpade och läste vad Peter hade skrivit. Bara det var smärtsamt. Blod från näsan började droppa ned på t-shirten. Förvånat tittade hon på blodet. Lyfte blicken och försökte fokusera på vad Peter hade skrivit.

Barnen lever och är skyddade. Somna inte. De sista orden pekade Peter på flera gånger.

En kvinna var i rummet. Tvätt och annat plockades ihop. Hopes följde hennes framfart. Ett vakuum hade infallit. Blicken gick oroligt fram och tillbaka.

Återigen skrev Peter febrilt när han såg hur Hopes blick oroligt vandrade i rummet.

Kollegan här räddade våra liv. Såg båten komma. Då skrek hon. Vi fick skyddat barnen.

Hennes vänstra hand kom upp till ansiktet och dansade runt. Handen hittade inte munnen, men till slut blev det någon slags slängpuss. Peter kom närmare och gav henne en lätt puss på kinden. Med försiktighet gned han sin kind mot hennes. Då log hon och tittade på den fulsnygge mannen. Öppnade munnen och försökte säga några ord, men Peter la handen mot sitt öra.

"Du är bäst", fick hon viskat.

Precis när han skulle skriva mer i blocket kom hans kollegor tillbaka med en garderobsdörr. Poliskvinnan slängde filtar på dörren. Alla tre hjälptes åt med att hålla hennes huvud och nacke i total stillhet. Ett badlakan rullades ihop. Alla som stod runt henne hade problem. Smällen var i bakhuvudet. Med hjälp fick hon lagt sig på sidan i framstupa sidoläge. Den hoprullade handduken fick de efter konstens alla regler runt huvudet och nacken. Helt still låg nu Hope.

Ett lakan lades på henne. När de gick ut från rummet fick kvinnan ett samtal. Någonstans ifrån brusade orden in. Polisen hade tagit samtliga i båten. Barnen kom fram till Hope. Rödgråtna och chockade.

"Er mamma kräktes förut. Det är den lukten ni känner. Vi har torkat bort det."

Ömsint klappade de henne på armarna. Hon försökte klappa tillbaka. Samtliga fyra fick viska ord i örat på mamma. Fyra personer bar ut Hope till bilen. I herrgårdsvagnen var baksätet nedfällt. Med stor möda fick de in henne.

"Barnen är snart i säkerhet. Jag meddelar dig. Kvinnliga kollegan åker med dig till sjukhuset. Din ryggsäck ligger vid dina fötter. Håll dig vaken! Hör du! Håll dig vaken!" sa Peter väldigt lugnt, men högt.

Vissa ord hördes. Hon vinkade med handen.

För varje kurva kved hon högt. Bilresan tog längre tid än hon trodde. Men i själva verket hade de bara kört ut på den större vägen som var avstängd för tillfället. En ambulanshelikopter landade i samma ögonblick de kom fram. Ett gäng med duktig personal hjälpte henne från dörren till en brits. Därefter bars hon in i helikoptern. En traumaläkare såg över henne. Läkaren sa något, men såg förbryllad ut på det som Hope svarade. Då ansträngde hon sig bättre.

"Jag heter Hope. Det betyder Hopp. Ska du rädda mitt liv?" viskade hon. "Det tjuter i mina öron", sa hon enkelt. "Ont i bakhuvudet och ryggen."

Håll dig vaken! Förtvivlat slog hon upp ögonen.

Dånet från helikoptern gjorde att huvudet värkte mer. Hon stönade högt. Allt blev osammanhängande. Den

134

kvinnliga läkaren försökte sätta hörlurar för hennes öron som skydd från dånet, men det gick inte. Då fick hon öronproppar. De gjorde ganska bra ifrån sig. Helikoptern flög henne till ett sjukhus i Sydney.

Vad Hope inte förstod var att hon då och då gick ned i medvetslöshet, men trodde att hon var vaken. Det var viktigt att hålla sig vaken. Trots öronproppar följde en massa ljud färden. Ett fullständigt kaos var det runt henne. Kläder klipptes av och byttes. Sprutor här och där. Munnar som rörde sig. Hope försökte hålla uppe ögonen. Smärtan började lätta. När hon vaknade låg hon i ett rum med slangar härs och tvärs. Bråkdelen av ord kom till henne. Ord som kraftig hjärnskakning, stor svullnad i bakhuvudet. Ingen blödning i hjärnan hade ännu upptäckts. Nacken klarade sig. Intensivvårdsavdelning. Sövs ned på grund av traumat och en skallskada några månader tidigare.

"Tack. Tack så hemskt mycket", viskade Hope för all hjälp hon fick.

"Ursäkta mig, jag förstår inte vad du säger?" sa en manlig läkare.

Peter visade sig.

"Hope, du pratade på ditt hemspråk."

Då svarade hon igen, denna gång på engelska och tackade åter.

"Får jag sova nu?"

"Ja, du får sova. Barnen är säkra. Du är under läkarvård. Den bästa. Du ska sövas ned. Hjärnan behöver vila. Låt din järnvilja arbeta för dig", sa Peter och log.

Då log hon en aning.

"Barnen är säkra. Hjärna och järnvilja stavas inte på samma sätt", viskade hon på svenska och skrattade inom sig. Därefter försvann hon bort.

Läkarteamet sövde ned henne för sju dagar. Inga besök. Varje person i personalen hade kollats upp. Likaså vätskor som Hope fick via slangar kontrollerades innan de sattes in. Teamet av personal sov till och med över på sjukhuset. Alla visste vad som gällde. Peters manliga kollega sov också på sjukhuset. När Hope blev återställd skulle hon vittna i domstolen. Fortfarande togs kriminella in på förhör. Många av förhören gällde dem som hade skjutit från båten. Polisen ville också veta vem som hade beordrat attacken med raketen. Hennes vittnesmål hade blivit framflyttad.

Sju dagar senare väcktes Hope upp.

"Få inte panik. Låt maskinen andas åt dig. Följ rytm. Vi ska ta bort allt. Okej."

Hope sa inget. Följde inte vad de gjorde. Blundade. Trött ända in i själen.

Lika många dagar skulle hon ligga helt still för att se hur hjärnan klarade sig utan hjälp. Enkel kroppsmassage, rörelse med ben och armar fick hon hjälp med flera gånger per dag. När hon var ensam gjorde hon om det flera gånger mer. Men tröttheten var extrem.

"Tänk inte. Barnen är trygga. Du ska bli frisk igen. Det är det enda du ska tänka på", sa en av läkarna till henne.

Dessa ord upprepade då och då Peters kollega som satt i hennes rum. Oftast hade han hjälpt henne med enkla bestyr. Inga ljud var på, det stressade Hope. En viktig sak berättade han. Noelles doppresent, hårborsten, innehöll en sändare. Det var Lova som hittade den. När den hittades sökte de gemensamt efter fler sändare och hittade även en i Lovas hörlurar. Sista presenten från mamma i Sverige. Alla deras saker hade genomsökts av polisen. Deras ryggsäckar hade bytts ut, så även Hopes. Inga mer sändare hade hittats. Barnen hade blivit flyttade en gång till. Lättad att barnen hade det bra släppte hon allt ansvar. Peters kollega satt med sin I-pad och hade hörlurar.

Sammanlagt hade det gått fyra veckor på sjukhuset. Dagen närmade sig till mitten av januari då hennes vittnesmål var. Oerhört ledsen blev hon när hon förstod att familjen hade missat alla decembers helger. Barnen och hon skulle ha firat första julen tillsammans på sex år. Teckningarna från dem var många. Ett par gånger hade hon klarat av att ha korta videosamtal med var och ett av sina barn. Womba Womba hade gråtit under hela samtalet. Då började Hope gråta också. Tillsammans med personal ökades träningen successivt, men framför allt av Peters kollega. Ute i sjukhuskorridoren höll hon i rullstolen som stöd och gick. När hon blev för trött vändes rullstolen och hon fick vila.

Dagen kom när hon förbereddes för domstolen. Läkarna avrådde starkt från detta. Hope fick panik och berättade om ligan, särskilt om sin man.

"Doktorn, min man ska till domstolen idag. Skjuter de upp vittnesmålet än en gång blir chansen större för flykt. Den kriminella ligan har mycket pengar."

"Vi måste ordna det bästa för dig, Hope", mumlade läkaren och gick ut.

"Vad menade han?" frågade Hope förvånat.

"Är du säker på att du klarar av ett vittnesförhör? Ett förhör kan pågå i timmar, dagar och veckor. Du är väldigt trött."

"Barnen och jag är jätterädda för honom. Tänk om han blir frisläppt. Ingen av oss ska behöva leva i rädsla. Jag måste skydda mina barn, men också min familj i Sverige. Jag ska till domstolen idag." Hope jagade upp sig. Peters kollega stod jämte sängen och klappade hennes hand. "Du måste förstå en sak. Ligger man i en säng sjuk eller skadad känner man sig förminskad. Mitt självförtroende har åkt i botten, men nog fan ska jag vittna."

"Motståndarsidan kommer göra allt för att krossa dig."

"Jag har alltid hört att jag är en vänlig kvinna. Härinne är jag det", hon tog sig för bröstet. "Men den där godtrogna och naiva kvinnan har försvunnit. Nu kämpar jag för våra liv."

Länge stod Peters kollega och tittade på henne. Plötsligt log han. Det bistra ansiktet såg så vänligt ut att Hope fick tårar i ögonen.

"Jag vet att den vänliga kvinnan finns kvar därinne", sa han och fortsatte le.

Gick ut från rummet. Dörren stängdes om honom. Ganska snart öppnades den. In kom Peter med långa steg bakom honom gick kollegan.

"Vi har svårt att komma fram i trafiken. Vissa gator är avstängda. Risken för attentat är hög. Vi får ta en helikopter från sjukhusets tak."

"Är inte risken lika hög i luften?" frågade Hope häpet. "De har säkert fler raketer."

"Ja, säkerligen. Polisen arbetar dygnet runt. Ute i hamnen har de undersökt alla båtar. Likadant är det i byggnader och runt gatorna vid domstolen. Men vi ska överraska alla. En helikopter ska ta oss in mellan husen och till domstolen."

"Är det inte förenat med ett självmordsuppdrag?" undrade hon häpet.

"Nja, mer ett vågspel. Du har kanske sett actionfilmer på teven. Kan de så kan vi", flinade Peter godmodigt.

"Tror du att mitt huvud vill åka karusell?"

"Jaså, jag trodde du blev yr när du såg Peter", skrattade hans kollega högt. Magen hoppade på honom.

Nu muttrade Hope bara.

"Se det som något spännande, Hope."

"Spännande? När hus och fönster glider förbi i en väldig fart. Jag kommer att vara tom i huvudet och se rädd ut när jag sitter i vittnesbåset."

"Gnäll inte! Nu har du sagt ditt. I morse fick du hjälp med både dusch och kläder. Gör dig färdig." Peters hårda röst avbröt hennes svada.

Under rullstolsfärden upp till taket stod två helikoptrar och väntade. När Hope såg dem muttrade hon inom sig. Rullstolen fälldes ihop. De satte sig på golvet. Peter fick ner Hope mellan sina ben. Över alla tre låg en svart filt.

"Jag ser inte ut", muttrade hon under filten.

"Det behöver du inte. Luta dig mot mig."

Försiktigt lutade hon sig mot hans bröst. En mjuk sittdyna hade hon under sig. Varje gång helikoptern gungade höjde och sänkte sig sitsen. En arm höll stadigt om henne. Resan var behaglig. Hon nickade till. Helikoptern landade på gatan framför domstolen. Killarna fick snabbt ut rullstolen, satte Hope på den och drog filten över henne. De sprang ifrån helikoptern som gjorde samma resa ut från staden. I full fart fortsatte de mot den stora ingången. Hope blundade. Trots det blev hon yr. När hon kikade upp från filten såg hon en kvinna springa mot dem och blev förvirrad av alla som sprang. Peter och hans kollega rusade in i domstolen med rullstolen mellan sig.

En polisman visade skyndsamt vägen. Förvånat tittade Hope på en tredje man som sprang jämte dem. Det var läkaren med sittdynan. Flera gånger blinkade hon, men orkade inte fundera över honom. Koncentrationen var viktigare.

Tio minuter senare ropades Hopes namn upp för vittnesmål. Plötsligt blev hon skrämd över alla ansiktena. Bistra sådana. Blicken fortsatte runt salen och upp till taket vilket gjorde henne yr. Någon tog ett tag om hennes axel, hon hoppade till och tog bort händerna från ansiktet. Handen pekade åt hennes högra håll.

"God dag", svarade hon lågt.

"Frun, klarar frun av förhöret?"

"Ja, sir. Domaren."

"Tv-kameror följer oss. Då börjar vi. Du har varit här tidigare, men med ett annat namn."

"Ja, sir. Domaren."

En annan röst trädde fram. Hope fokuserade. Förvånat tittade hon på Cherie.

"Hope, du hamnade i fängelse här i Australien. Kan du berätta vad som hände dig den gången. Börja från ditt hem i Sverige, Bangkok och hit till Sydney. Då får alla information och en inblick vad som hände i ditt liv. Vilket var ditt första namn när du kom till Australien och åkte fast i tullen? Man och barn."

"Åsa Berndtzon, jag har tre barn med min man, Daniel Berndtzon."

I början blev orden och meningarna en aning osammanhängande. Flera gånger hakade hon upp sig och sa fel. Domaren frågade om de skulle ta en paus. Gråtfärdig tittade hon på domaren.

"Ingen paus. Jag vågar inte", viskade hon med tårar i ögonen.

Berättelsen fortsatte om narkotikan och att hon hade åkt fast. Domen blev sju års fängelse. Återigen berättade hon vad som hade hänt. Hennes man Daniel Berndtzon tillhörde en stor internationell liga. Historien slutade med skador och mordförsök i och utanför fängelset. Blev svårt skadad i fängelset. Hamnade på ett sjukhus där en mördare hittade henne. För att överleva fick hon lämna fängelset och förklarades död. Efter det fick hon ett nytt namn. Hämtningen av barnen och flykten från Singapore. Mordförsöket i en park och torpeden igenom fönstret i ett hus nära Sydney där hon befann sig. Varför mördarna hittade dem gång på gång var på grund av sändare i barnens känslomässigt viktiga saker som var från deras barndom. Det visste deras pappa. Domaren fick läkarutlåtelse på Hopes skada och sjukhusvistelse.

Nu kom turen till advokaterna.

Frågorna från dem var oändligt många. Timmarna gick tills domaren avbröt för lunch. Då förstod Hope att hennes krafter sinade alldeles för fort. Gråten hängde i ögonen. Risken för att vittnesmålet skulle avbrytas på grund av hennes hälsa och mentala trötthet gjorde det farligare för alla in-blandade. Mössan som läkaren hjälpte henne med innan hon kom in i rättssalen gjorde det något lättare. Läkaren kom fram till henne och drog ned öronlapparna. Genast blev det tystare. Då blundade hon av lättnad och klappade hans hand som tack.

"Lunchen var en timma, men jag pratade med domaren. Han ökade ut den med tjugo minuter extra", viskade läkaren vänligt. "En kollega till polisen hämtar mat till oss. Vi ska vänta på dem i det här rummet. Det står en brits där borta. Efter maten får du vila dig."

Tacksamt tittade hon på den omsorgsfulla läkaren. En känsla av att få mer styrka tog hon läkarens hand i sin och la den mot sin kind.

"Tusen tack för all hjälp."

"I vanliga fall hade jag bestämt avrått dig från all aktivi-tet. Nu har du en speciell historia. Polismannen Peter berät-tade din bakgrund. Här har jag hört mycket mer."

"Det tar på krafterna."

Stilla åt hon sin mat och drack vatten. Fick hjälp av läka-ren till toaletten. Därefter lade hon sig på en brits och som-nade direkt. Sov djupt. Blev väckt tjugo minuter innan fort-satta förhör. Blek och trött undersöktes hon av läkaren. Därefter fick hon återigen hjälp till toalett och rullstolen. Pe-ter gick med henne till rättssalen. Precis innan de gick in viskade han till henne.

"Bli inte chockad. Daniel sitter jämte de andra advoka-terna." Dörren öppnades på glänt. "Ser du honom?"

"Ja. Tungan har svullnat. Jag kan inte svälja", viskade hon nervöst. Oroat bad han henne öppna munnen. "Förlåt, ett talesätt. Jag kan inte tänka, Peter."

Återigen kördes hon till samma vittnesbås. Där satt han, Daniel, och hånlog mot henne. Hjärtat slog inte fortare, konstigt nog blev hon inte ens stressad. Läkaren hade gett henne en svag medicindos för att hålla blodtrycket nere på grund av huvudskadan. Detta hade läkaren förklarat för domaren och lämnat över en lapp. I sin tur tittade domaren på henne. Under ögonen var hon svart och ansiktet var vitt.

Om Hope hade tyckt det var tröttsamt innan kom nu det värsta. Svåra frågor, många och krångliga kom i en snabb takt. Vissa frågor var insinuanta och rent av elaka. Hope förstod att det gällde att ha tungan rätt i munnen och tog tid på sig. Detta tröttade ut henne oerhört. Läkaren tog fram en flaska med vatten och gav henne.

"Behöver du en paus?" frågade domaren vänligt.

"Nej tack, inte ännu", svarade hon artigt trots ett envist bultande i huvudet.

Advokaten fortsatte.

"Du sa att du hade blivit mordhotad i fängelset och försök till mord. Är det något dina vänner hjälpte dig med i fängelset? Bara för att du skulle komma därifrån."

"Ursäkta?" sa Hope häpet.

"Nu blev du allt rädd för att vi kom på dig."

Advokaten log bistert och visade upp sin överlägsna min. Den minen förstod Hope. Hon skulle förminskas och känna sig mindervärdig. Konstigt nog blev hon varken arg eller ledsen. Huvudvärken var det värre med. Den gjorde henne omtöcknad.

Ett stort kuvert lämnades över till domaren från Cherie. Då ville genast Daniels advokater veta vad som lämnades över. Men domaren ville först se. Han bläddrade i papperen. Läste på baksidan och på ett annat papper vid sidan om. Harklade sig flera gånger. Därefter vinkade han till sig båda advokaterna.

Daniels advokat vände sig mot Hope vars energinivå sjönk alldeles för fort.

"Hur kom det sig att du hade dessa foton?"

"Jag fick dem en natt i fängelset. En mobil fick jag också. Daniel ringde mig."

"På natten? När alla var inlåsta?"

"Jag vet inte vem personen var som lämnade foton och mobilen."

"Det står här att du skulle riva sönder fotona. Varför gjorde du inte det?"

"Det är foton på mina barn. Jag hade inte sett dem på fem år. Det stod att hemska saker kunde hända dem om jag inte rev sönder fotona. Jag kunde inte förstöra fotona. Det var det enda jag hade på mina barn", viskade hon med tårar i ögonen och klappade på sitt bröst.

"Ni är skilda och han har barnen. Varför skulle han då hota dig." Advokaten skrattade till.

Genast reste sig Hopes advokat, Cherie, och gick fram till domaren.

"Alla namnteckningar är välgjorda och skrivna av samma person, men inte av Hope, dåvarande Åsa Berndtzon. Namnändring gjordes på grund av mordförsöken. Här är de förfalskade handlingarna om skilsmässan och full vårdnad av deras barn. Daniel Berndtzon sålde lägenheten,

144

behöll pengarna, tog ett lån i Hopes namn och flyttade med sina barn från Sverige. Här är polishandlingarna på engelska. Tyvärr är de fortfarande gifta. Efter förfalskningen gifte sig Daniel Berndtzon borgligt med en singaporiansk kvinna med namn Zoe Ling, samtidigt som han var gift med Hope. Även där manipulerade han människor runt sig. Texten på baksidan av fotona har Daniel Berndtzon skrivit."

"Finns Zoe Ling i våra papper?"

"Nej, herr domare. Vi trodde att vi hade fått tag på henne, men det visade sig vara en annan kvinna."

"Vi tror att hans fru, den singaporianska kvinnan är en toppchef för syndikatet i Asien", svarade den äldre advokaten, som Hope hade träffat tidigare.

Hennes ögon smalnade av. Gubben som hade ringt Cherie.

"Zoe Ling. Det var hennes namn i Singapore. Mina barn är fruktansvärt rädda för henne. Under fem år de bodde där var barnen rädda", sa Hope högt.

När orden uttalades högt började tårar droppa i snabb takt ner för ansiktet. Hope hade fått en dimsyn. Oväntat började hon snyfta högt och tog sig för huvudet. Näsdukar låg jämte henne, dessa sträckte sig läkaren fram och gav henne. Själv tog han ett par och torkade sitt ansikte.

"Undra vem som manipulerar vem här. Bra föreställning", sa Daniels advokat och flinade rått. "Du är en mästare."

När Hope torkade ögonen och näsan tittade hon förvånat på läkaren och famlade med sin hand efter honom.

"Ta doktorn!" utropade hon, kved högt och tog sig återigen för huvudet.

145

Läkaren segnade sakta ned. Springande fötter ekade dovt in i hennes hjärna. I samma ögonblick tuppade hon själv av.

Än en gång vaknade Hope upp på sjukhuset. Senare fick hon höra att det hade legat ett pulver i boxen runt näsdukarna. I rättssalen hade det blivit kalabalik. Domaren hade fösts ut omgiven av vakter, likaså advokaterna. Vakterna som hade hand om Daniel Berndtzon rusade till honom. Tog ett tag om varje sida och fick ut honom. I kulverten hade det blivit slagsmål mellan Daniel och vakterna. Daniel slogs vilt trots handfängsel framtill och fick in några fullträffar. I röran lyckades han fly från domstolen.

"Du och läkaren kördes med ilfart till sjukhuset. Doktorn har piggnat till och arbetar redan", berättade Peter.

"Jag minns ingenting. Så hemskt. Du sa att Daniel flydde. Tänk att jag inte orkar vara rädd. Bara han inte hittar barnen."

"Du får medicin. Din själ och ditt blodtryck behöver vila ifrån all smärta och stress. Daniel flydde, men hann inte många steg. En polis sköt honom i benet", sa Peter lugnt till Hope.

Då log hon stort mot honom. Sträckte sin hand mot hans och klappade den.

"Bra gjort! Hoppas han lider så in i helvete."

"Han talar om för alla människor i hans närhet att de tillhör jordens avgrund. Ingen vill gå in till honom på sjukhuset."

Fortfarande log hon, men leendet stelnade till.

"Han ligger väl inte på det här sjukhuset."

"Nej, han är på ett annat sjukhus. Förlåt att jag skrämde dig."

Genast blundade hon av lycka.

"Bra att doktorn har piggnat till. De har röntgat mig. Bara jag inte blir nedsövd igen."

"Ifall läkaren säger att det är viktigt måste du lyssna."

"När de väckte upp mig kände jag mig som ett kolli. Huvudet hängde inte med. Jag kunde knappt prata."

"Din hjärna har varit med om ett trauma. En raket for rätt igenom rummet. Minns du att du smällde bakhuvudet in i väggen?"

"Jag minns lite av varje. Som bilder. Förhoppningsvis återkommer minnet." Det blev tyst en stund. Hope såg sig runt i rummet. Blicken hamnade återigen på Peter. "Är du gift?" Han skakade på sitt huvud. "Varför är du inte gift? Du är en fantastisk man", sa hon och log.

"Vem säger att jag inte har varit gift?"

"Förlåt, jag tog för givet att du var ungkarl eftersom vi bodde hos dig."

"Min fru dog", svarade han, men tittade ner på golvet.

"Åh, så hemskt, Peter. Ledsamt. Var det länge sedan?"

"Tio år sedan. Bilen med min fru och treåriga son exploderade. Jag skulle ha varit med, men glömde viktiga papper inne i huset. Min fru startade bilen för att lyssna på musik. Jag hörde det. Sen exploderade världen. Bildelar och kroppsdelar låg överallt. Fallet handlade om några personer i en liga. Domstolsförhandlingarna var den dagen och jag skulle vittna. Under efterforskning har vi fått fram att det är samma liga som den idag. Det var när vi tog dig och din historia växte fram. Då blev vi oroliga och gjorde

147

efterforskningar. Under tiden du satt fängslad började vi förstå att kartellen var internationell.

Stora tårar droppade ned på Hopes kinder.

"Åh, herregud! Och, så hjälper du mig och mina barn", snörvlade hon fram. "Jag har inte varit snäll mot dig. Förlåt mig, Peter. Förlåt. Så fruktansvärt hemskt!"

"Jag slutade att fungera som människa under ett antal år. Tydligen hade jag skrikit om att jag hade velat vara med i bilen. Jag drack och tog tabletter. Ville inte minnas synen av likdelar från min fru och son. Lukten mår jag fortfarande illa av. Jag satt på gräsmattan och skrek. Förlorade lusten att leva. Har fortfarande mardrömmar om det. Efter fyra år såg mina bröder till att jag var tillbaka på jobbet. Jag flyttade till ett mindre radhus, där du har varit. Svärfar och mina bröder räddade mig. En dag sa de till mig att det var dags för hämnd. Vi skulle sätta dit ligan. För över sex år sedan jag började arbeta igen."

"Samma år vi möttes. Arbetar din svärfar och dina bröder som polis?"

"Ja, svärfar är chef på en avdelning för bedrägerier. Han var en av dem du träffade när du kom till Sydney, men du minns säkert inte det. Du var i chocktillstånd. Han var ovanligt tuff mot dig. Då trodde vi att du tillhörde ligan."

"Du har rätt, jag minns inte allt. Var det därför du fick mig på halsen?"

"Ja. Röd flagg gick ut. Jag åkte genast till flygplatsen och träffade dig där."

"Trots att jag kom i chocktillstånd såg jag att du var arg. Det var riktigt jobbigt. Ingen trodde mig. Det var hemskt."

148

Dörren öppnades och läkaren kom in. "Jag är farlig, doktorn."

En harkling och ett leende dök upp i läkarens ansikte.

"Jag har förstått det. Alla röntgenbilder ser bra ut. Du bör ligga kvar för observation med tanke på giftet. Du var medvetslös längre än jag."

"När får jag träffa mina barn?"

Läkaren tittade på Peter och sa några ord. Peter nickade. "Vi ska tillbaka till domstolen när du piggnat till. Vila dig", sa Peter lågt.

"Nej. Jag vill åka till mina barn."

"Hasta inte i väg. Ta ett par dagar här på sjukhuset tills allt lugnar ner sig."

"Bättre att hasta i väg under oron, för då märker inte mördarna att vi redan är i gång."

Länge och väl tittade Peter på henne. Sa några ord om ett par samtal och gick sin väg. Knappt hann dörren stängas förrän hon somnade, men vaknade av ett tissel. Kanske mer ett igenkännande fnitter utanför dörren. Från minnenas mörka vingliga vrår blev hon obehaglig till mods. Orolig undrade hon vad som hände utanför det enskilda rummet. Ute hade det mörknat. Men en känsla av att något var fel steg inom henne. Ett igenkännande och den känslan var inte bra. Minnet från en annan gång på ett annat sjukhus, en mördare. Mödosamt tog hon sig upp från sängen, fick tag i rullstolen och gick bakom. Höll den som en rollator, men också som en sköld och gick mot dörren. Tisslet av ljud kom närmare hennes dörr.

Skyndsamt flyttade hon rullstolen och fick in handtaget under dörrhandtaget. Stressat tittade hon på dörren. Den flyttade sig en aning. Däcken gjorde att rullstolen satt fast. Hypnotiskt stirrade hon på dörren. Vem är du? Viktoria, tänkte hon häpet, medan handen höll fast i rullstolen. Då ekade Peters röst i huvudet. *Flytta dig från dörren.* Naturligtvis lyssnade hon och tog ett par steg åt sidan. Än så länge knackade ingen. Känslan av att personen stod kvar utanför dörren var alldeles för stor för att ignoreras.

"Vem är du?" Tystnad. "Vem är du?" frågade hon högt.

Tassande fotsteg. Samma tisselfniss försvann bort med de tassande stegen. Kvar stod hon i samma ställning. Hur länge hon stod fastfrusen hade hon ingen aning om. Steg närmade sig. En knackning på dörren. Personen utanför försökte öppna dörren.

"Hope!" en hög röst. Peters.

Lättad drog hon bort rullstolen och öppnade dörren. Gick in i hans famn. Höll om honom länge och väl.

"Vad är det? Du darrar. Varför är du rädd?" viskade han frågande.

Då berättade hon, men hakade sig här och där. Avslutningsvis berättade hon om en känsla av fotsteg och fniss.

"Hjärnspöke kanske", log hon med en darrig röst.

"Nej, det har jag svårt att tro. Du är väldigt rädd."

"Jag menade bara att hjärnan kanske inte uppfattade rätt. Tänk om tidigare sjukhusvistelse blandades ihop i min hjärna."

"Så kan det förstås vara", svarade han lamt, men tittade på henne. Lugnt backade han ut och tittade i den långa folktomma korridoren. "Är det obehagligt att vara ensam på våningen? Vi är fyra polismän här med dig." Han råkade se hennes skrämda min.

150

"Ensam?"

"Hissen är avstängd till den här våningen. Dörren till trapphuset till vänster i korridoren är låst med nyckel och kodlås. Endast en dörr är öppen och bevakad, trapphuset på motsatta sidan. Där står vi poliser."

"Jag blev rädd. Såg som i en repris att mördaren tog sig in."

Plötsligt fnissade hon till och lät nästan löjlig. Stannade upp i fnisset och drog efter andan. Blinkade bort sina tårar.

"Viktoria kunde tissla i sin mobil. När hon fnissade lät det som ett vackert fågelkvitter. Jag log alltid."

"Jag förstår inte hur du kan minnas hennes fnissande efter så lång tid."

"Allt skrämmande hände då. Det har fastnat i hjärnan. Dessutom har jag undrat vart hon tog vägen efter Singapore. Bangkok? Men hon tyckte väldigt mycket om både Sydamerika och Australien om jag minns rätt. Viktoria älskade surfa på höga vågor."

"Trodde du att det var hon som var här utanför din dörr?"

"Ja", svarade hon osäkert och log trött.

"Du gungar. Varför står du upp? Kom! Jag hjälper dig till sängen."

Med konstens alla regler hjälpte han henne i säng. Bäddade om henne med en grön filt. Fluffade till kudden som var en specialkudde för huvudskador. Bara helt apropå nämnde han att hon brukade ha rätt. Häpet tittade hon på honom och blev otroligt lycklig över hans ord.

"Jag har haft samtal med mina chefer. De skulle se vad som kunde göras med tanke på din förflyttning. I natt blir inget av. Vi har för lite folk."

"Kvinnan som dog i huset hade en tatuering på vadbenet. En fjäril. Nu minns jag att hon hade en tatuering uppe vid ögonbrynet som gick ner mot tinningen."

"Kunde det vara din mans fru? Konstigt att ha en tatuering där."

"Inte om hon ska likna och skydda sin höga chef, Zoe Ling. Du berättade att ni tog Daniel och hans fru på flygplatsen. Kolla om den kvinnan också har en tatuering. Barnen pratade om ett riktigt fult ärr. Ingen tatuering. Fråga mina döttrar", viskade Hope trött.

Häpet tittade han på henne. Öppnade munnen, men stängde den när höga steg ekade på golvet i korridoren. Genast drog Peter sitt vapen. Öppnade dörren till en smal springa. Såg sin kollega komma springandes.

"Via polisradion hörde vi att hennes exman hade blivit fritagen från sjukhuset. Inget mer har framkommit. Har någon ringt dig?" Polismannen såg ordentligt oroad ut.

Ifrån sängen hörde Hope deras höga diskussioner om vad som kunde göras. Tystnad. Springande steg i korridoren. Oroat såg hon Peter titta efter dem. Med snabba steg skyndade han ut i korridoren till vänster. Trapphuset som var låst. Låste upp glasdörren, kikade upp och ned. Såg inget. Lyssnade. Låste. Kände på dörren. Sprang i korridoren och var på väg förbi hissen, då stannade han mitt i ett steg och såg hissdisplayen räkna upp våningar. Stressat sprang Peter till sina kollegor och sa några ord. Sprang lika fort tillbaka till Hope. Mitt i uppståndelsen hade hon somnat.

Då rusade han mot hissen igen och pekade på den för sina kollegor. Alla tre männen hade försökt att ringa från sina mobiler. Ingen täckning. Peter hade fortfarande sitt vapen i handen, han ställde sig bredvid hissen. Dörrarna gled upp. Ingen kom ut. I sin tur visade sig inte Peter. Väntade några sekunder. Hissdörrarna stängdes, hissen gick ned. En snabb vinkning från kollegorna vid dörren. En hade ställt sig i korridoren vid dörren, den andra hade sprungit till motsatta trapphus, även de hade dragna vapen. Efter ett par minuter samlades alla vid hissen och diskuterade. Upp kom ett par polismän. Kollegor till Peter.

"Hissen fungerade inte. Tionde jävla våningen."

"Det kallas för dålig kondition. Men det konstiga var att hissen gick upp hit. Ingen kom ut och den gick ned igen", skrattade Peter lättad, men såg orolig ut.

"Hur går det för den där stackaren? Jag fattar inte hur hon orkar mentalt."

"Barnen håller henne uppe. Tidigare var jag borta i trapphuset för att ringa. Ingen täckning. Jag fick springa några våningar ner. När jag kom tillbaka hade hon barrikaderat sig inne i rummet."

Peter berättade vidare om hennes kollega Viktoria, kvinnan som en gång satte fast henne med narkotikan. En kvinna som kunde ändra sitt utseende och hade lätt för språk.

"Trodde hon att kvinnan var utanför dörren? Hur hade hon kunnat ta sig till rummet? Alla dörrar här är låsta."

Kollegan pekade in i korridoren där Peter stod.

"Vi hörde steg i trapphuset. En fick stå kvar medan den andre tittade. Men vi tittade inte in i trapphuset. Åh, nej!"

"Vaddå, åh nej?" Kollegan till Peter tystnade. "Tänkte du detsamma som jag? Om någon hade nycklar kunde de ha lurat er. Samma med hissen."

"Tänk om jag hade gått in i hissen och blivit inlåst. En mindre som vaktade Hope", viskade Peter oroat och tryckte på hissen. Inget hände. "Någon chansade att vi nyfiket hade gått in i hissen."

"Eller skjuten när hissen stannade på en specifik våning. Vi får ingen hjälp. Vår avdelning skyddar domaren, advokater och andra vittnen. Ett antal poliser letar efter hennes exman. Resterande ser till Sydney. Just nu är det lugnt på gatorna, nästan för lugnt."

Diskussion var intensiv och lågmäld.

"Hej!"

Kapitel 8

Männen slängde sig runt och såg Hope som stod i sjukhus-kläder med rullstolen som en rollator.

"Vad händer? Min dörr gled igen. Jag blev rädd."

"Gled din dörr igen? Förut eller nyss?" frågade Peter för-vånat.

"Jag vaknade av en närvaro, men ingen var där."

Nu såg hon att männen tittade på varandra.

"En närvaro? Som en död person?"

"Måste vara fel på mitt huvud", muttrade hon. "Det fanns inga vattenflaskor i mitt rum när jag lade mig. Jag drack vatten direkt från kranen. Vattnet smakade inte gott. När jag vaknade stod det flaskor på bordet. Jag vågade inte dricka det."

"Det stämmer. Jag letade också efter vattenflaskor. Bra att du inget drack", sa Peter.

"Sätt dig i ditt lyxåk", sa Peters kollega med rondör.

Lydigt satte sig Hope och blev körd tillbaka till rummet. Häpet tittade Peter och hans kollega på tre fulla vattenflas-kor. Irriterad tog hon flaskan från Peters hand. Med tanke på fängelsetiden och alla påhitt från den världen vände hon flaskan upp och ned. Klämde på den. En liten rännil av vat-ten tog sig ut ovanför vattenpunkten. Helt perplext satt hon kvar i samma ställning. Stirrade ömsom på männen ömsom på flaskan. Tog nästa och gjorde likadant, även den tredje. Alla flaskor bildade en rännil av vätska som rann ut.

"Varför dödade hon mig inte när jag sov?"

"Hon?"

"Svag parfymdoft. Jag minns inte den doften från Viktoria. Det var kanske därför jag vaknade."

"Tänk om personen i fråga fixade hissen. Vi samlades. Hon måste ha smitit in med en nyckel till trapphuset därborta", sa kollegan brydd.

"Då borde hon ha ett nyckelkort samt en vanlig nyckel. Det låter mest troligt. Hur gör vi nu?"

"Vi kan inte åka i hissen. Inte heller ta någon av trapporna. Bara trapphuset där polismännen står."

"Den lilla stackaren kan inte gå i trappor. Inte efter den raketsmällen."

I rullstolen ryckte Hope till och jämrade sig högt. Tog sig för huvudet.

"Minns ni kvinnan som kom in i huset direkt efter raketen? Den jag brände med strykjärnet. Jag berättade för dig om hennes fjärilstatuering. Nu mindes jag att Viktoria hade en exakt likadan på vaden. En speciell fjäril. Jag minns inte namnet. Den hade en vacker blå färg med en svart rand runtom på vingarna."

En tystnad uppstod.

"Skönt att ditt minne börjar komma tillbaka. Då måste ligan ha det som kännetecken", svarade Peter.

"Undra vem det var?" viskade Peters kollega.

"Förlåt, jag får inte ihop det. Kvinnan du brände med strykjärnet är död. Menade du att hon vaknade till liv? Var det hon som ryckte i din dörr?"

"Nej, Peter. Första personen lät som Viktoria. Den med flaskorna var kanske den andra kvinnan. Tänk om det är Daniels fru. Zoe Ling."

"Du har rätt, det kan ha varit Zoe Ling", viskade Peter.

156

Fönstret lystes upp. En helikopter visade sig. I ett kommando skrek Peter.

"Ut ur rummet!" Peter tog rullstolen och skickade ut den från dörren. Fick ned Hope på golvet. "Kryp! Fortsätt krypa."

Kollegan gastade till killarna längst bort i korridoren. Ett knatter från k-pistar ekade till dem i korridoren. Ingen raket den här gången. Krypandes tog de sig till lunchrumsdelen och satte sig i ett hörn med dragna vapen.

"Ta på dig mössan som läkaren gav dig."

Peters röst var sträng. Genast tog hon på sig den. Ljudkänsligheten var fruktansvärd. När ett lysrör knäppte till ilade en smärta genom huvudet. En pistol räcktes över till Hope som tog den. Tidigare hade hon fått en lektion i hur vapnet fungerade.

"Det har tystnat därute."

"Killar, det är jag från dörren. Helikoptern som sköt in mot oss fick problem med våra militärer. Jag måste gå tillbaka till dörren."

"Tack."

"Nu tänker jag gå igenom varenda rum här på avdelningen", sa Peters kollega bistert.

För att vara rund var han ytterst vig. En man med stor charm och ett skratt som ständigt lurade i hans ögon.

"Vi går med", sa Hope snabbt.

"Du går ingenstans utan rullstolen. Sa inte läkaren att du skulle sitta på den där mjuka kudden?"

"Då hämtar vi rullstolen."

Väl sittandes i rullstolen följde Hope med dem. De började i hennes rum. Fönsterna var borta. Väggarna och sängarna var fulla av skotthål. En vattenflaska var hel, den omhändertogs och skulle undersökas. Varje rum och utrymme i korridoren låstes upp och kikades in i. Rummen närmast Hopes var fönstren även där sönderskjutna och väggarna fyllda med skotthål. De fortsatte till de andra dörrarna som gick till förråd och andra utrymmen. Hope rullade efter dem. Peter hade nyckeln. Inne på sjuksköterskerummet stod medicinskåpet öppet. Häpet tittade de på och i skåpet. Minnesbilder kom till Hope.

"Sköterskan var ensam på våningen och höll mig sällskap. Visade mig för säkerhets skull att hon låste överallt. Mest för att jag inte skulle oroa mig. Vi gick igenom varje skrymsle. Allt såg stängt ut. Det här medicinskåpet var låst. Sköterskan kände på skåpet", berättade Hope allvarligt. "Tänk att jag totalt hade glömt bort det. Skumt."

"Hur minns du det?" frågade Peter förvånat.

"Det klickar till som bilder."

"Dig skulle jag kunna jobba med", flinade Peters kollega och tittade på Hope.

"Åh, tack. Det var snällt sagt. Tyvärr, tackar jag nej. Jag har inga nerver kvar." Då log hon. "Jag vet att det inte var ett jobberbjudande."

Plötsligt böjde han sig ned och kramade om henne. Av ren lyckokänsla rodnade hon för hans vänlighet.

"Jag glömde det viktigaste. Ett samtal kom tidigare. Dina barn mår bra. Barnen ville att du skulle veta det."

Då öppnade sig en fontän av tårar. De droppade ned för kinderna. Axlarna skakade av gråten.

"Jag har undrat hur det går för dem. Men alla har varit upptagna. Jag vågade heller inte utsätta mina barn för samtal. Någon kunde snappa upp samtalet."

Mannen harklade sig ett par gånger.

"Förlåt mig, jag sa att du mådde bra efter omständigheterna och tänkte på dem. De blev glada. Jag skulle ha sagt detta ti..."

Återigen kom polismannen vid trapphuset springandes.

"De har fått tag i mannen som hade blivit fritagen samt personer i en bil. Inte samma personer som fritog honom, men dem han åkte med nu."

"Kan du begära ett foto? Jag måste veta att det är han."

"Är du så orolig?"

"Ja, han har hotat att döda mina barn. Mig har han försökt döda flera gånger."

"Medan Peter tänker ut en bra plats för oss i natt kan du berätta om din man."

Kollegan hade rullat in henne i lunchrummet. Som under en läkeprocess fick hon återigen berätta när hon träffade Daniel. Hur han var som person och när de blev föräldrar. Berättelsen gick från värmande ögonblick med kärlek, när kärleken förändrades och till dessa dagar innan hennes fruktansvärda semester. Orden avslutades med fängelset och den svåra skadan. Under tiden hade kollegan ordnat med kaffe och gjort goda smörgåsar till alla.

"Synd att du inte hann vittna färdigt."

"Jag hoppas att jag fick med det mesta. Från första dagen jag fick tillbaka mina barn har jag varje natt vaknat av deras panikskrik av rädsla. Min äldsta dotter Lova har haft det värst. Endast tio år gammal tog hon på sig rollen som mamma och beskyddare. Vet du vad henne pappa sa? Han hatade henne för att hon var lik mig. Inte heller brydde han sig om ifall hon dog. Hur tror du det känns för en liten flicka i ett främmande land och med en sådan pappa. Kunde knappt engelska. Ingen att prata med. Vart skulle hon ta vägen? Hon vågade heller inte lämna sina syskon kvar. Vissa dagar och nätter har hon berättat mer. Hon hickar av gråt och får knappt till sig andan."

"Fruktansvärt synd om dina barn. Att du inte såg hur din man förändrades."

"Svaret fanns antagligen framför näsan på mig redan från början. Ung, dum och oerfaren. Behöver jag säga mer? Jag gick i skolan och hade extrajobb. När man är kär lyssnar man inte på andra. Antagligen började han med att vara den bästa och övergick senare till gaslighting. På det sättet sänkte han mitt självförtroende. Det är tufft för ens personlighet. På jobbet var jag aldrig osäker. Vet du att jag blev erbjuden en topptjänst i Spanien med en stor lägenhet i centrala Madrid. Daniel ville inte flytta dit."

"Fantastiskt! Grattis! Även om du tackade nej fick du ett riktigt bra erbjudande. Det är ett stort beröm. Får jag vara nyfiken?" Hope nickade. "Om din dotter hade valt en sådan man som hennes pappa, vad hade du gjort då?"

"Mina föräldrar pratade med mig. Jag blev sur och lyssnade inte. Det fanns ingen som var så bra som Daniel. Jag försvarade honom. Konstigt nog. För han påtalade att mina vänner inte var bra. Bland annat hade jag fel i diskussioner eller hade uppfattat fel. Grät jag var jag för känslig. Fattar du att jag trodde på honom och inte på andra? Jag svarade inte på din fråga. Självklart hade jag gjort allt."

"Har du berättat för din äldsta dotter hur en människa med en störning kan vara."

"Jo, absolut. Lite i taget. Vet du vad han försökte få mig att tro om min bästa väninna? Hon var svartsjuk på oss och hade gjort närmanden mot honom. Jag blev generad. En sak visste jag, det skulle min väninna aldrig göra. Hon hade alltid haft en stark moral. Trots att han såg bra ut och var charmig tyckte hon inte om honom. Varför reagerade jag inte när han ljög mig rätt upp i ansiktet? När det gäller mina barn har jag efteråt kommit på att han försökte få barnen att älska honom mer än mig. Är du häpen över hur jag kunde missa alla tecken? Jag var bara en vänlig och godtrogen kvinna. Inte trodde jag att det fanns så hemska människor. Detta och mer därtill berättade jag för mina döttrar. Vet du vad Peter en gång sa? Jag kanske inte var så vänlig under min mask som jag försökte påskina."

"Blev du inte arg på honom?"

"Vad skulle han tro. Givetvis blev jag ledsen. Fem år i fängelset har varit min värsta resa till helvetet. Under fem år saknade jag mina barn otroligt mycket. Min resa skulle vara på tio dagar. Hemma försökte jag ändra tiden, men då var biljetterna redan beställda. När en människa är för vänlig blir den personen trampad på och bespottad. Vi människor är underliga."

"Ja, och den mänskliga rasen anser sig vara intelligenta. Skrämmande."

"Ville du verkligen höra min sida? Eller var du bara vänlig mot mig?" frågade hon misstänksamt.

"Både och. När jag var ny inom polisyrket började jag arbeta med misshandel och förföljelse på kvinnor. Tio år senare var mitt arbete inriktat särskilt när det gällde mord på kvinnor. Många kvinnor hade haft det tufft. Jag minns i början att jag hade svårt att förstå varför kvinnorna ständigt gick tillbaka och försvarade dessa misshandlande män. Efter flertalet kurser i psykologi började jag förstå. Medberoende är ett svårt beroende. Många har haft med sig det från sin barndom. Personer med beroende och medberoende borde ha tillgång till en beteendevetare. Svåraste fallen att bevisa är dessa män som psykar kvinnorna eller tvärtom. Något som kan pågå i åratal."

"Barnen mister sin mamma eller pappa och får ibland bevittna tragiska händelser. Du kan tänka dig hur de mår resten av sina liv. Dessa upplevelser tar de med sig in i sina förhållanden. Största sveket är när barnen får bo kvar hos den föräldern som har mördat den andra. Alla i familjen borde få hjälp."

"Du har tänkt mycket på det här."

"Ja, men jag blev aldrig fysiskt misshandlad. Han var sofistikerad. Nyanser av ord fick mig att tappa fotfästet. Det sista året hade jag ofta huvudvärk. Antagligen av inre stress. Jag hade inte tid att grubbla. Tre ungar, deras fritidsintressen och ett heltidsjobb. Ett hem som skulle skötas. Jag hade tur att han reste mycket."

"Tur?"

"Antagligen hade han blivit värre mot mig om han hade varit hemma mer. Vad tror du?"

"Ja, det tror jag absolut."

"Jag var ständigt trött. Irriterad. Teamarbete fanns inte hos oss. Någon gång lagade han middag, men jag fick städa efter honom. Hade han varit hemma mer då hade jag blivit

162

arg och skällt på honom. Det tyckte han absolut inte om. Ja, jag hade tur så långt."

"Har ni pratat färdigt?" Peters ansikte såg vaksamt ut.

"Har du hört eller sett någon?" frågade kollegan intresserat.

"Jag säger som Hope. En känsla. En svag doft som inte var där förut."

"Skumt."

"Varför mördade hon inte Hope medan hon sov? Det hade varit lättare."

"Kanske för att hon ville hinna undan ett mord. Om jag hade druckit av vattnet kanske jag bara hade somnat in i döden. Alla skulle tro att det berodde på smällen i huvudet."

"Varför tänkte jag inte i de banorna", sa Peter lågt. "Bra tänkt!"

"Du har för mycket omkring dig", muttrade hans kollega.

"Har det bara gått två timmar? Natten blir väldigt lång", viskade Hope trött. Plötsligt nickade hon till, men tittade upp direkt.

"Sov du en stund."

"Jag vill sova i en säng. Nacken gör ont."

Ögonen kändes blytunga. Hope hade svårt att få upp dem.

"Vi kan ta ett annat rum. En av oss stannar hela tiden hos Hope."

"Så gör vi."

I ett rum fanns fyra sängar. Alla var bäddade med rena sängkläder. Hope gick först på toaletten. Fick hjälp till sängen. Somnade direkt och sov tungt. På morgonen var huvudet inte med. Seg som klister kikade hon över till sängen jämte hennes. I de andra två sängarna hade någon sovit i. Peter sov djupt. Snarkningar ekade från honom. Sakta tog hon sig till dörren och öppnade den försiktigt. Killarna vinkade. Två stod och vaktade. Peter lade sig sist. Alla hade fått sova och de levde. Det var viktigast.

Med all försiktighet gick hon in i duschen. Helt slut satte hon sig i rullstolen och rullade ut från duschrummet. Snarkningar kom fortfarande från Peter. En magnet drog henne dit. Länge satt hon och tittade. Följde varje kontur av hans ansikte. Blicken fortsatte mot hals, bröst och händer. En lugn man som inte brusade upp i onödan. Blev han arg sa han ifrån. Det mörka håret var en aning lockigt, på bröstet hade han synligt hår. Vackra långa fingrar. En vacker och vänlig person med stark karaktär. Varför skyddade han henne och hennes barn till varje pris? Det var en fråga hon ställt sig flera gånger. En ovälkommen tanke gled upp och fyllde ögonen med tårar.

Peter hade förlorat sin familj i en bilexplosion. Troligen av samma liga. Var han nära henne enbart för att hon var eftersökt hos de högt kriminella. En ovälkommen tanke gled in. Trodde han verkligen att hon var en av cheferna? Ändå hade den här mannen räddat hennes liv flera gånger. Fått både henne och barnen att känna sig trygga. Om han använde henne för att stå överst på barrikaderna, då fick det bli så, tänkte hon och rullade ut i korridoren. Peters kollega hade anslutit till trappuppgången.

"God morgon. Klockan är bara sex, men jag har sovit gott. Tack så mycket", sa hon och log mot männen.

"God morgon, du sköna", svarade genast kollegan med ett stort leende. "Önskas det frukost, frun?"

"Ja, tack. Eller är det nu du säger att jag ska ordna den till er?" log hon stort.

Efter den där gamla klyschan som gick hem överallt skrattade de tillsammans. Kollegan gick till köket. Hope rullade efter.

"Hur går det med den där manicken?" sa han och nickade mot rullstolen.

"Vi börjar bli lite mer vänner. Händerna gör lite ont. När jag tar i får jag huvudvärk. Jag beundrar personer som är rullstolsburna. Ute har jag sett deras svårigheter med höga trottoarkanter. Det finns trappor upp till många hus. En del blir behandlade annorlunda, nästan nedlåtande eller att de är hjälplösa. Givetvis är det upp till var och en att klara sig", sa hon mest för att ta bort udden av en aning gnällighet och log rart.

Godmodigt skrattade han medan kaffet rann ned i kannan. Under tiden fixade han smörgåsar.

"Hope, angående kriminella nätverk. Vad hade du gjort om du fick bestämma här i Sydney?"

"Bestraffa kriminella genom att beslagta all deras kapital. Stört dem hela tiden. Haft tjallartelefon i varje polisstation. Gått ut i skolor och skickat brev hem till föräldrar. Haft ordningsvakter på skolgårdarna som ser barn och ungdomen. Ordnat möten där alla kunde komma till tals. Prata om hur kriminella underminerar samhället. Men allt det där gör säkert myndigheterna. Jag hade gått ut med reklam och påtalat att de som köper droger är också med att göra kriminaliteten lönsam och våldsam. Sociala medier är ett bra verktyg."

"Hur tänker du när det gäller narkotikan? Vissa länder är drogliberaliserade. Många i samhället tycker det är okej med droger precis som med alkoholen."

"Någon i mitt hemland skrev en gång angående alkoholen, hade den kommit idag skulle den ha blivit förbjuden. Vissa personer som använder alkohol eller droger blir förbytta. Under alkoholens rus är misshandel det största problemet och en stor kostnad i samhället. En del som har drogproblem stjäl eller säljer sig för att få mer droger. Det vet vi alla. Misshandel och mord sker även där. Detta genererar stora problem för individen själv, men det blir ett lika stort familjeproblem. Ett bra sätt är reklam där också."

"Resurser saknas, min vän", sa Peter med en lugn röst.

Hope vände sig om. Tog om sitt huvud.

"God morgon", sa hon lågt. "Du har sovit gott." Han tittade frågande på henne. "Du snarkade högt. Ditt hår står rätt upp där bak. Jag vet det där med resurser. Tänk om man ständigt kunde störa alla som sålde och köpte droger. Deras affärer blir lidande."

"Snabba pengar. Fattiga. Hot. Problem, som exempelvis ångest eller smärta."

"Nu skämtar du med mig, Peter. Det spelar ingen roll var i samhällsstegen du står. Folk använder sig av narkotika. Ingen kan skylla på någon annan, men de skyller på allt möjligt. Jag vet att det kan finnas underliggande hälsoproblem av något slag och självmedicinering på grund av det. Den procenten är inte hög", sade hans kollega.

En av deras kollegor som vaktade trapphuset kom springande.

"Mobilstörningsapparater har hittats. Kolla era mobiler."

Mannen skyndade tillbaka till trapphuset. Ett evigt surrande från männens mobiler tog över köket. Hope orkade inte lyssna utan rullade ut i korridoren. Råkade se skymten av en person på motsatta sidan av korridoren utanför dörren. Hojtade lågt till polismannen som nyss var hos dem och pekade. Från köket hördes samtal som pågick. Rullstolen ville inte det hon ville. Försiktigt reste hon sig och gick barfota. Polismannen hann i kapp henne. Tillsammans gick de till motsatta trapphuset som var låst. En stor lapp låg på golvet framför dörren. Mannen drog på sig handskar. Tog upp lappen och läste. Visade den för Hope.

Någon hade tecknat både ett manligt och kvinnligt huvud. En pistol var riktad mot huvudet. En text stod under.

Fortsätter ni att vittna kommer vi att hitta er. Vi tar en efter en även hos polisen och deras anhöriga. Ni har sett vilka resurser vi har.

Av obehag började båda andas snabbare. Handen som höll papperet darrade betänkligt. Snabbt fick mannen fram sin mobil och ringde ett par samtal. Efter en minut kom fler springandes, även Peter och hans kollega kom ut från köket.

"Vi såg en person, men såg inte vem det var."

Polismannen förklarade för Peter vad de hade upptäckt och visade lappen.

"Jag begriper inte hur personen i fråga kan springa runt här i trapphuset utan att någon har sett", muttrade Peter ilsket.

"Jag tyckte det såg ut som en kvinna. Alla på sjukhuset bär på en legitimation. Då måste de bli fotograferade", sa Hope.

"Ja, det tror jag. Det kan vara en stulen legitimation."

"Ja, men de hittar ovanligt bra. Kan jag titta via datorn på sjukhusets anställda och extrapersonal?"

"Du ska inte utsätta ditt huvud för ett stirrande i en bildskärm."

"Doktorn sa att jag inte hade fått förändring i min hjärna, men på grund av ett par trauman måste jag vara försiktig. Om jag kan hitta ett foto på exempelvis Viktoria kan det hjälpa oss. Någon hotade oss. Lappen. Denna eller dessa måste ha en nyckel och nyckelkort. Sedan vilar jag."

"Någon kan ha fått betalt för att utföra en order. Okej, jag ska ordna det. Börja först med vaktmästeriet. De har access till alla dörrar", sa Peter lugnt, men tittade länge på henne.

Hon skruvade på sig och undrade vad han funderade på, men ville inte fråga.

"Städare måste också komma in överallt", sa en av polismännen.

"Vi börjar med de som har access överallt."

Peter tittade på sin kollega, blicken gick över till Hope.

"Jag vill att du först pratar med läkaren. Säger han nej måste du ta hänsyn till det, Hope."

Bara för dessa ord bet hon ihop för att inte säga något dräpande. Självklart visste hon att hon inte mådde bra. Men vem dök upp som en mus och försvann lika tyst. Tänk om samma person betalade en dåre för att skjuta henne och hennes familj. Huvudvärken och tröttheten fick hon ta. Trots sitt kavata sätt gjorde hon en grimas åt sig själv.

"Jag vill be om en tjänst. Kan jag få prata med min mamma, pappa och min syster. Jag vill veta hur de mår. Så länge jag vet att mina barn mår bra klarar jag mig några dagar till."

"Jag har pratat med dem. Cherie sa att du måste infinna dig i domstolen en eller två gånger till", slängde Peter ur sig.

Tårar steg i ögonen och näsan blev täppt.

"Jag orkar inte längre, Peter. Men jag måste orka. Nu drömmer jag bara om att få ett normalt liv med barnen", viskade hon.

"Lova kanske inte vill åka tillbaka till Sverige. Har du tänkt på det?" frågade han lugnt.

"Jag vet. Hon har blivit kär i Aaron. Cheries son. Jag kan bo var som helst bara mina barn är lyckliga, särskilt Lova. Hennes pappa har angripit henne med fruktansvärda handlingar. Womba Womba vill jag verkligen inte lämna. Jag stannar i landet så länge jag får." Över sin tirad av ledsamheter började hon gråta.

"Dina barn är oroliga för dig, men Womba Womba gråter hela tiden. Angående Daniel var nog inbrotten inte bara för extrapengarna. Berodde det på att han ville få in Lova och Noelle i den kriminella verksamheten? Familjen. Klanen. Barn är lätta att övertala och snabblärda. Särskilt om det kommer från en förälder. Har du tänkt på det?" Nu lät Peters röst frän. Bara för hans röst var ovanligt frän sjönk hon ihop. "Jag hatar honom och ligan. Förlåt mig", sa han genast. Rösten blev vänlig igen.

Då nickade hon, men tittade ned på sina händer. Orkade inte vara skojfrisk. Orkade inte längre. Orken att kämpa för sig och sin familj tog på henne. Oväntat satte sig Peter på huk och drog in henne i sin famn. En bra stund höll han henne stilla mot sitt bröst.

"Tack", viskade hon och klappade honom ömt på armen. "Du ger mig styrka när jag minst väntar mig det."

Blygt tittade hon på honom och såg in i hans ögon. Ömt pussade han hennes kind. Kollegan hade vänt sig bort.

"Ja, det behövde vi nog alla", muttrade kollegan lågt, men han log mot dem. "Peter, du får inte kompromettera vårt vittne."

Efter dessa ord böjde han sig snabbt ned och pussade henne på andra kinden. Det smackade högt om pussen.

"Satan vad det small i huvudet", viskade Hope. Trots det log hon stort och kände sig en aning lycklig.

"Vad tänkte du på?" frågade kollegan nyfiket.

"Jag kände mig lycklig. Det var länge sedan jag fick en manlig puss. Jag hade nästan glömt hur det kändes", viskade hon mer till sig själv och tog sig för sina rosiga kinder.

Båda männen hade böjt sig ned för att höra bättre. Deras blickar möttes. De hade tårar i sina ögon.

"Nu ska jag ringa din läkare", muttrade Peter och harklade sig.

"Och jag ska få tag i datakillen för säkerhet", muttrade i sin tur kollegan.

"Det kanske är en datatjej", mumlade Hope. Återigen droppade tårar nedför kinderna. "Jag vet inte varför tårarna rinner. De bara kommer, men ni är så snälla mot mig. Omtänksamma."

Tjugo minuter senare satt Hope till rätta framför datorn. Läkaren satt bredvid. Instruktionerna låg jämte dem. Bild efter bild dansade förbi.

"Stopp! Titta på mig." Hope vände sig mot doktorn och skelade. "Men, men ... Hur är det med dig?" stammade han oroligt.

"Mitt i allvaret behövde jag få skoja", fnissade hon till. "Om jag blir yr rullar jag bort en stund och tittar ut genom fönstret. Nej, det fick jag inte. Jag fäster blicken på tavlan därborta."

"Okej, titta på bilderna, men ta det lugnt. Mycket vila emellan. Mår du minsta dåligt, som att du blir yr, känner dig konstig i huvudet eller ögonen, sluta genast."

"Tack för omtanken", sa hon och log vänligt.

Naturligtvis följde hon läkarens råd. Tittade på flertalet bilder. Blundade en stund. En timma senare satt hon kvar och bläddrade genom foto efter foto. Stelnade till. Genast rullade hon ut från köket. Vinkade desperat efter Peter som såg henne och skyndade dit. Hon väntade på honom vid datorn. Mobilen höll han i handen, fotograferade kvinnan samt historiken med namn, adress och försäkringsnummer. Båda ryckte till när bilden försvann från skärmen. Då steg återigen tårar i Hopes ögon och rann över.

"Tänk om du inte hade kommit direkt. Då ingen trott mig", bölade hon högt och snoret började bubbla ur näsan. Peter gick och hämtade papper. "Det var Viktoria från mitt arbete hemma i Sverige. Kvinnan som satte dit mig med narkotikan, men så hette hon inte nu. Patty Smith. Hon är ingen Patty", muttrade hon ologiskt.

Kroppen skakade av känslor. Återigen höll Peter om henne. Under tiden fick han tag i kollegan via mobilen och berättade vad som hade hänt. Kollegan och några till skulle ta sig till säkerhetsansvariga. Med ena armen om Hope och med den andra näven om mobilen talade han med sina chefer. En bild gick ut till cheferna samt övriga uppgifter som skulle vidarebefordras. Han lade på.

"Jag är trött, Peter. Så fruktansvärt trött. Jag sa nyss att jag orkade, men jag är dränerad på energi."

"Behöver du prata med dina barn."

"Nej. Förut gav de mig energi. Nu orkar jag inte ens prata. Minst två gånger till måste jag vara i rätten. Hur ska jag klara av att höra mina barns röster och sedan inte få krama dem. Du ser väl hur lätt jag gråter för allting. Om de gråter av saknad efter mig kommer jag att stortjuta. Då blir ungarna rädda."

"Klarar du av att titta på fler bilder?"

"Jag måste. Hoppas att en bild dyker upp på Daniels fru. Samma bild på kvinnan som du visade mig en gång för länge sedan. En bild som pappa hade tagit." Nu fnissade Hope rått. "Mer minnen har kommit från huset och raketen. Jag minns inte att jag höll i strykjärnet när jag slog in i väggen. Kvinnan stod ovanför mig, tog ett tag om mitt hår och riktade sitt vapen mot mitt huvud." Hon berättade vad hon kom ihåg. Du skulle ha sett hennes dans." Återigen fnissade hon riktigt elakt. "Nu tror du att jag håller på att bli galen." Så fnissade hon igen och kunde inte sluta. Började hicka av skratt. "Tog hon tag i mitt hår för att jag verkligen skulle dö? Jag är ju som katten och har nio liv. Det sa Daniel." Hickandet av skratt övergick till gråt.

Stillsamt drog han i rullstolen och tittade på henne.

"Få ut dina känslor, Hope. Det är bra att du minns. Hur ont det än gör. Stäng dem inte inne."

"Tack", och då snyftade hon för att han var vänlig mot henne.

När hon lugnade sig bläddrade hon återigen bland foton. Lite fortare än tidigare. Fick yrsel. Stannade upp. Blundade. En stund senare gjorde hon om samma procedur, men saktare. Ett samtal kom till Peter. Efter samtalet vände sig Peter mot henne.

"Du behöver inte göra mer. Det var en kvinna som var säkerhetsansvarig. Hon hade blivit skjuten." När Hope spärrade upp ögonen fortsatte han att prata. "Direkt efter bilden hade blivit borttagen sköts hon. Kvinnan är på väg till operation. Utgången är oviss."

"Direkt efter bilden."

"Ja, så sa han, men jag ringer honom igen." Efter samtalet svarade Peter att det stämde.

"Tant Zoe måste finnas. Då tittar jag på mer bilder."

Ett antal gånger hade hon sett kvinnor som liknade den hon sökte. Två timmar senare reste sig Hope. Klockan hade hunnit bli tio på förmiddagen. Kroppen var stel av stillasittandet. Höll sig i räcket och gick stillsamt fram och tillbaka. Satte sig igen och fortsatte sitt mödosamma arbete.

"Där är hon. Städare. Har access på flera våningar. Inget ärr", sa hon högt till sig själv.

Reste sig försiktigt och gick återigen ut till korridoren. Vinkade. Foton togs. Även dessa skickades till cheferna.

"I dag kan det bli sista dagen för dig. Jag fick ett samtal. Efter det blir du körd till dina barn."

Rädd, men samtidigt lättad sjönk hon ihop. Plötsligt lyfte hon på huvudet.

"Idag? Tror du det?" Peter nickade. "Det luktar mat. Så här tidigt?"

"Sjukhuset har ordnat lunch till oss. Ja, egentligen har vi fått betala för det", skrattade Peter lågt.

Efter maten rullade hon in till det gamla rummet. Hämtade kläder och annat hon behövde. Ett starkt ljus irriterade hennes känsliga ögon. Skyndsamt fick hon med sig sina saker i famnen och rullade fort ut från rummet. Fortsatte till sitt nya rum där fönstren var hela. Men såg då samma hus som ljusstrålen kom ifrån. Gled genast ned på golvet och kröp ut från rummet.

"Peter, jag hämtade mina saker i det andra rummet. Ett starkt ljus träffade mina ögon. Jag såg ingen drönare. Ljuset kom längre bort. Från ett högt hus. Likadant i sista rummet." Hon viftade bortåt med handen.

Omedelbart vinkade Peter till sig kollegan. De sprang bort till det tidigare rummet. Under tiden sjönk Hope ned i korridorens golv och satte sig i ett hörn. Trött ända in i själen satt hon kvar i samma ställning tills killarna kom ut igen. Båda hjälpte henne upp.

"Såg ni något?"

"Nej, nu vågar vi inte förflytta dig via taket."

"Vi måste komma på ett annat sätt. Kriminella är antagligen förberedda på en helikoptertur", sa Peter med en fundersam min.

"Många vägar är avstängda", svarade kollegan.

"Jag körde en lätt motorcykel i Singapore", sa Hope stilla. Oroat tittade de på henne. "Varför tittar ni så på mig?"

"Det har jag inte tänkt på. Vi skaffar motorcyklar. Hope kan sitta bakpå."

"Nej. Tänk på hur det hoppar när hon åker motorcykel. Hennes huvud är inte bra."

"Tack, för att ni pratar över mitt huvud. Din kollega har rätt. Så får det bli", viskade Hope trött. "Jag vill att vittnesmålen ska vara över. Orken försvinner för fort."

"Jag meddelar våra chefer, de får skicka ut en bild på oss. Vid spärrarna saktar vi in och visar våra legitimationer. Jag åker via jobbet och är tillbaka inom en timma", sa kollegan och var på väg att gå.

"Vänta! Jag har fått min mens. Kan du köpa tamponger till mig?"

Det blev väldigt tyst.

"Har inte sjukhus sådant?" frågade kollegan förvånat.

"Nej, jag har en stor blöja på mig. Har aldrig känt mig så obehaglig."

"Jag köper inga tamponger. Pinsamt", muttrade han.

"Då kan jag inte vittna. Ska jag tänka på en stor blöja och att den syns igenom. Värmen gör att det kanske luktar."

"Okej, jag handlar. Är det några speciella du använder? Flina inte, Peter."

Snabbt skrev hon ned vilka hon ville ha. Han tog till sig lappen och gick.

"Jag förstår fortfarande inte varför jag måste åka till rätten igen."

"Dina barns vittnesmål är idag", svarade Peter allvarligt.

"Nej, nej, de får inte. De blir måltavlor."

"Dina flickor är inspelade via en videokamera. Deras ansikten syns inte på skärmen. Du har hört hur rädda de är för sin pappa och ligan. De är vettskrämda över vad som har hänt dig. Barnen behöver dig, Hope. Låt dem göra det för din skull."

"Nu minns jag att de blev intervjuade och inspelade. Ingen kommer att vilja ha oss som grannar. Du såg vad som hände i Gosford. Personligen skulle jag inte vilja ha sådana grannar. Någonstans måste vi bo. Som vi pratade om tidigare är Lova förälskad."

"Och hon vill bo kvar i Australien hos Aaron."

"Ja. Jag vill adoptera Womba Womba. Detta gör jag inte för att få bo kvar i landet. I framtiden kanske han vill ha kontakt med sin biologiska mamma. Men måste vi flytta, då flyttar vi allihop till Sverige."

"Vill du fortfarande bo i Gosford?"

"Nej. Jag behöver vila upp mig ett par veckor eller mer. Efter vilan ska familjen åka till ett företag som söker guld. Vi får vara med och söka guld under en vecka. Man betalar en avgift för mat och sovplats. Det är ett tungt arbete och vi får annat att tänka på. Instrument får vi hyra av dem. Hittar vi guld får vi behålla fem procent." Ett stort varmt leende dök upp i hennes ansikte. "Noelle och pojkarna ville det. När hon var liten sprang hon alltid på stranden och letade upp olika snäckor. Det blir vår nystart."

Mellan dem blev det tyst.

"Jag förstår att du saknar den tiden."

Då fylldes stora tårar i ögonen och rann över.

"Ja. Tårarna bara kommer. Jag har aldrig varit sådan här. Det är tröttsamt. Jag har en viktig fråga till dig, Peter. Du behöver inte svara." Hon drog några djupa andetag. "Om du inte kan eller orkar förstår jag. Tar du hand om barnen om jag dör? De älskar dig och är trygga med dig", viskade hon. "Förlåt, en sådan fråga kan man bara inte ställa", viskade hon.

Det blev tyst igen.

"Du ska inte dö. Inte än på många år. Självklart tar jag hand om barnen", sa han med en grumlig röst.

"Jag behövde bara få veta eftersom jag är en måltavla. Viktoria och Daniels fru kan hitta på något. Om jag vet att barnen får det bra orkar jag hålla mig uppe."

"Då kan du koppla av. Hur har du tänkt försörja dig och barnen?"

"Det enda jag kan tänka mig är civilekonom. Som du vet är jag revisor. Sådana arbeten genererar bättre lön. Cherie sa att jag kommer att få pengar för att jag var oskyldigt dömd och för varje år i fängelse. Hur mycket vet jag inte. Kanske räcker pengarna till möbler. Jag drömmer om ett mindre hus, men förhoppningsvis har jag råd att hyra en liten lägenhet."

"Läs på om Wollongong. Staden har runt trehundratusen invånare och ligger vid havet motsatta hållet från Gosford. Cirka åtta mil från Sydney. Pendeltågen går ofta in till Sydney", lade han till.

"Trehundratusen invånare. Då kan vi smälta in. Ju mindre ort, desto mer nyfikna. Närhet till Sydney är bra."

"Ja, med tanke på jobb och anonymitet. Du gillar historia. Wollongong har varit aboriginernas område. De första européerna besökte området år 1796. Först 1830 grundades staden. Med tanke på barnen finns universitet och skolor i Wollongong. Många pendlar till Sydney."

Då log hon stort.

"Den historien skulle Womba Womba tycka om. Lova vill bli kriminalpolis som du."

"Under sitt vackra yttre är hon intelligent och ser folk", svarade Peter vänligt.

"Ja, hon vill att människor, särskilt barn och unga ska få leva i harmoni. Det vill hon arbeta med. Inga brott i samhället, men hon vet att det är en dröm."

"Ja, man blir trött på att jaga kriminella. Det kommer nya hela tiden."

"Eve hade det tufft med en spelberoende man. Pengarna var slut innan hon fick sin lön. Barnen var hungriga. Ibland kan man förstå att det är lätt att ta ett ockerlån för att överleva."

"Lagen är viktig att hålla", svarade Peter enkelt.

"Ja, men lagar i alla länder är oftast gjorda av rika och med människor med makt."

"Stämmer. Men idag har vi fått bättre lagar."

"Livet är i en ständig förändring. Man måste anpassa sig. En del människor har svårt för förändringar. Svårigheter har funnits för urinvånare. Förr tvingades de frångå sitt ursprung. Fruktansvärt. Jag läste om aboriginerna när jag satt i fängelset."

"De har inte haft det lätt."

"Visste du att aboriginerna kom från latinet. Ab origine vilket betyder - från början eller av ett ursprung."

Nu såg Peter lite generad ut.

"Jag minns faktiskt inte det. Man tar saker för givet. Så då var det de vita som kom på namnet. Ab origine – från början eller av ett ursprung."

"Jag minns inte heller", svarade Peters kollega som nu stod och väntade på att bryta in i samtalet. "Två motorcyklar är levererade. Du kör med Hope bakpå, Peter. Jag lägger mig direkt vid sidan om dig. Blir din motorcykel beskjuten får Hope hoppa på min. Har vi kommit överens? Då åker vi."

"Nu? Jag måste byta kläder först. Förbereda mig", stammade hon.

"Vi hinner inte. Dina sjukhuskläder är snygga på dig", sa kollegan och slängde en blick på Hope.

Genast drog Hope fingrarna genom håret och försökte få till en frisyr. Slätade till sina kläder och reste sig upp.

"Först måste jag gå på toaletten. Köpte du mensskydd? Sedan är jag klar. Egentligen inte."

Kollegan stannade upp och tittade förvirrat på henne.

"Vad sa du?"

"Du hörde henne", svarade Peter i hennes ställe.

Efter besöket på toaletten kom hon ut med jeanskläder och jacka på sig.

"Du vet att det är varmt ute." Hope svarade inte. "Sätt dig i rullstolen. Vi kör dig ner."

"Aldrig! Tänk om rullstolen tippar och jag kanar ur den. Jag går lugnt och stilla ner."

"Vi har inte tid att lugnt och stilla gå ner tio våningar. Klockan går."

Kollegan slängde upp henne i armarna och bar henne sex våningar ner. Svetten lackade om honom. Som ett paket lämpades hon över till Peter.

"Risk för att jag tappade dig", flämtade han fram. "Vilken dålig kondis jag har."

179

Två polismän med k-pistar sprang med dem i trapphuset. Peter småsprang ner. Skrämd höll hon hårt om honom. En yrsel av allt skumpande började ge sig till känna, men hon vågade inget säga. Nere vid motorcyklarna fick hon en hjälm. Tog ett par steg till motorcykeln, men kroppen drog åt höger. En av polismännen fångade upp henne. Peter vände sig mot henne.

"Hur mår du?"

"Yr. Jag tog bara ett par snedsteg. Trapporna. Det är lugnt", ljög hon.

En av polismännen åkte i väg. Efter honom kom Peter med Hope bakpå. Genast körde kollegan efter och sista polismannen bakom honom. Farten var lagom. Peter försökte hålla sig i mitten av filerna på gatorna ifall något oväntat hände. När de närmade sig domstolen ökades farten något. Gatorna var avstängda från all trafik runt domstolen. Från ett par tvärgator kom ett antal bollar stora som fotbollar rullandes. Skottlossning. En hård inbromsning och undanmanöver med motorcykeln hann Peter väja undan. En kula sköt sönder en boll, bitarna flög in mellan ekrarna på bakhjulet. Motorcykeln gungade vådligt.

Peter bromsade hårt. För Hopes skull tvingades motorcykeln ned, sakta gled hon på asfalten någon meter. Jeanskläderna skyddade hennes hud. Själv rullade Peter i väg och blev stilla. Även de andra polismännen fick väja för bollar. Peters kollega hann precis sicksacka mellan dem och fick stopp ett antal meter längre fram. Ytterligare skott hördes. En polisman körde upp på trottoaren och fick problem med sin motorcykel.

Den första polismannen som var längst fram började svänga tillbaka. Under tiden kröp Peter vingligt bort till Hope och lade sig över henne som skydd. Med ena handen fick han fram sitt vapen, men tappade det. Vapnet landade jämte Hopes hand. Livrädd tog hon vapnet och skulle lämna över den. Drog fram sitt huvud från hans skyddande arm. Solstrålarna lyste starkt från himlen.

När hon skulle räcka över vapnet såg hon män stå längre bort. De hade sina vapen riktade mot de andra polismännen. Med darrig hand försökte hon lämna över vapnet till Peter, men höll på att tappa den. Då kom en man gående med ett vapen riktad mot dem. Samtidigt ekade skottlossning mellan husen. Yr i huvudet av skotten och ljuset såg hon att mannen sträckte ut sin arm. I handen höll han ett vapen. Peter som låg skyddande över henne skulle ta de första skotten. Stressat sköt Hope flera gånger mot mannen, vilket gjorde att han studsade runt. Hon slutade inte skjuta förrän skotten var slut. Det knäppte från vapnet. Peter höll sin hand över hennes och tog vapnet.

"Hope, han är död. Jag hade bara tre skott kvar. Är du okej?"

"Ja. Ja. Ja!" skrek hon. "Jag avskyr våld och vapen. Avskyr det."

"Jag förstår."

Oroligt tittade han på henne. Flyttade sig för att hon skulle kunna röra sig bättre. Men hon tittade inte tillbaka. Hennes blick gick sökande efter de andra. När hon såg dem resa sig sjönk chocken ner och hon vrålade.

"Vi lever era jävlar! Jag hatar er! Jävla kriminella dårar! Jävla mördare!" skrek hon och fortsatte vråla som en besatt.

Skrek de fulaste orden hon kunde på olika språk. Slutade inte förrän Peter drog in henne i sin famn och höll henne hårt.

"Ssh, tänk på huvudet. Är du klar?" Gråtande försökte hon torka bort sina tårar som flödade. "Gör dig klar. Vi ska åka till domstolen."

Skriken hade blivit för mycket. Yrseln steg och hon blev tung i Peters famn. Peter höll henne hårt.

"Andas", sa han med en lugn röst. "Andas lugnt."

"Jag trodde att han skulle döda dig. Herregud, så rädd jag blev. Du får inte dö. Jag behöver dig. Åh, mitt huvud, mitt huvud", viskade hon snyftande.

Tog ett par vinglade steg, som tur var hann Peter få ett tag om henne.

Polismännen närmade sig, stannade på avstånd och höll koll på husen. Fler radiobilar hade kommit. De patrullerade sakta fram. Ambulanser kom till platsen. Rättsläkare och andra poliser hade varit i närheten.

Som tidigare körde de i formation mot domstolen. Huset såg hon på avstånd. I det starka solljuset kändes det som en evighet bort. Sakta körde de närmare domstolen. Ett antal poliser kom springande med sköldar och skyddade dem. Peter vände sig mot Hope och sa något, men hon släppte inte taget om honom. Då skyndade hans kollega fram. Hjälpte Hope att släppa greppet om Peter. Lyfte bort henne från motorcykeln. Först då kunde Peter gå av cykeln. Hans kollega fortsatte att bära en chockad Hope in i huset och vidare in i samma sal som tidigare. Alla tittade på dem när de kom in. De fick sätta sig bakom advokaterna. Med hjälp fick Hope av sig hjälmen. Den blev utbytt till läkarens hjälm, vilket kändes skönt för Hope. Det värsta var att hon höll på att säcka ihop.

"Ursäkta vår försening. Vi startade tidigt och försökte ta oss fram på motorcyklar, men blev beskjutna och nära dödade. Allt är filmat via våra kameror på hjälmarna."

I salen blev det ett sorl som stegrade sig av upprörda röster. Kameror blixtrade hej vilt. Skyndsamt böjde Hope på sitt huvud och gömde ansiktet i händerna.

"Sluta. Sluta", viskade hon gråtande av smärta.

Advokaten Cherie skyndade fram till domaren som genast fick alla tysta.

Peters och hans kollegor hade lämnat kamerorna till advokaterna. Vapnet som hade riktats mot Peter hade han tagit och lämnat in. Filmerna visades i rättssalen. Varje moment såg åhörare, advokater och domare. När Hope sköt mannen såg det ut som om det var Peters hand. Ingen ifrågasatte vem som sköt. Peter sa inget. Chocken, skriken och gråten från Hope ekade ut till alla.

Tre vittnen skulle höras. Hope satt lutad mot Peter och blundade. När näste man ropades upp spärrade hon upp sina ögon av chock.

"Sören! Mammas man. Vad gör han här?" viskade hon chockad.

Förvånat tittade Peter på Hope. Tystnad i salen gjorde att Hope inte hade möjlighet att berätta för Peter vad som hade hänt Sören.

"Detta är ett vittne från Sverige som inte har några bevis. Vi vill ändå att ni ska höra vem personen Daniel Berndtzon är och vem han var i Sverige. Kan du berätta för oss vem du är och varför du sitter här?" frågade advokaten.

Kapitel 9

Sören hade tidigare varit gift och hade haft tre barn, varav en dotter. När dottern var i övre tonåren träffade hon en man, Daniel Berndtzon, men han kallade sig för ett annat namn. Den mannen var en charmör. Bara nitton år gammal hade dottern flyttat ihop med honom. En man som jobbade med diverse. Trodde familjen. De hann aldrig träffa honom. När de kom på besök hos dottern var han alltid borta. Foton fanns inga. Ett enda foto på fästmannen hade dottern skickat till föräldrarna. Fotot på Daniel visades upp i rätten. Dottern hade anat oråd om hans affärer och tagit reda på hans riktiga namn.

Här berättade Sören om kärleken som tog slut efter mindre än ett år. Dottern gjorde slut, vilket hon meddelade sina föräldrar. Hon skulle anmäla Daniel till polisen. Några dagar senare hittades hon död av en överdos i sin lägenhet. Mördad, enligt familj och vänner. Dottern hade aldrig nyttjat narkotika. Inget bevis fanns på pojkvännen, Daniel Berndtzon. När de städade ur lägenheten hittades anteckningar om Daniel. Dottern hade tänkt gå till polisen och anmäla honom för drogförsäljning, dessutom vittna. Daniel hade fått reda på detta och hotade med repressalier, men hon skulle ändå anmäla honom. Några år efter mordet skilde sig Sören och hans fru. Sorgen hade knäckt dem. Långt senare träffade Sören en ny kvinna. De blev kära och gifte sig. Hans nya fru, hade en dotter som hette Åsa, numer Hope. Fruns dotter bodde i närliggande stad med man och hade då två barn. Mannen var Daniel Berndtzon.

"Det var ett sammanträffande."

184

"Nej, det var inget sammanträffande. Mina söner och jag skuggade Daniel Berndtzon. Då såg jag hans fru, de hade ett barn då och jag såg hennes mamma. Den mannen bodde samtidigt ihop med min dotter och Hope, dåvarande Åsa." Sören suckade tungt.

Det blev en stunds tystnad. Alla vände sig mot Hope. I sin tur tittade Sören ner på sina ben.

"Förlåt Åsa. Förlåt mig", sa Sören högt på engelska och fortsatte sin berättelse.

Daniel utnyttjade alla under hans väg till framgång i den kriminella världen. Sex månader innan Hope kom hem från fängelset i Australien fick Sören reda på att hans exfru hade fått cancer och skulle få sin första operation. Exfrun var väldigt sjuk. Det var då han bestämde sig. Han ville göra allt för att få Daniel Berndtzon fälld. Då kunde han berätta för sin exfru att deras dotters mördare satt i fängelse.

Advokaten reste sig.

"Daniel Berndtzon, hur visste ni vad han gjorde? Kom ihåg att Åsa och Hope är samma person", sa advokaten vänd till alla i rättssalen.

"Mina söner och jag skuggade Daniel. Vi ville hitta bevis. Månaden innan Åsa åkte fast för narkotikabrott här i Sydney var hon och joggade i en skog. Oftast sprang Åsa ensam. Min ena son hade joggat nära henne och varnat för problem. Folk som de mötte var nära att göra ett utfall mot henne."

Nu bad Sören alla instanser om ursäkt vad han hade gjort på grund av sorg. Innan Åsa kom hem från sin fängelsevistelse i Australien städades hela deras hus. Några dagar efter att hon hade kommit hittades droger i en byrålåda i deras källare. De blev oerhört rädda. Enligt videokameror sågs flera män i hemmet och utanför. Sören spädde på rädslan för att polis och inblandade tvingades agera snabbare. Naturligtvis gjorde han fel. Det kunde ha hänt allvarliga skador på alla inblandade. Hope och hennes barn kunde ha förolyckats, men också morföräldrarna. Sören avslutade med att han hittade en påse med droger nära taket i källaren. Påsen var dammig. Daniel hade varit i deras källare, ... där avbröt han sig. Ansiktet förändrades markant. Sören stirrade hatiskt på Daniel.

"Du tog min dotters liv via andra. Min dotter blev mördad endast nitton år gammal. Hon fick inga barn eller barnbarn. Inte heller en riktig man. Du försökte flera gånger mörda din fru och dina barn via andra. Du är ingen människa, du är ett kryp!" skrek Sören hatiskt.

"Tystnad!" Domaren slog med sin klubba.

Fortfarande chockad över vad han berättade satt Hope och blinkade. Flera gånger frågades Sören ut som svarade med enkla ord. Hur än Daniels advokater kämpade med att sätta dit Sören hade han svar på tal. Fick hjälp av en tolk om han missade viktiga ord.

Cherie reste sig och gick fram till Sören i vittnesbåset.

"Du förföljde och skuggade Daniel Berndtzon. Förstod jag rätt när du sa, särskilt när han var gift och hade ett barn i barnvagn? Var det så du sa?"

"Ja."

"Vad exakt såg du?"

"För snart femton år sedan när Daniels och Åsas äldsta dotter låg i barnvagn hände en hel del. Jag skuggade honom till ett köpcenter. Fotade säljaren, alltså Daniel, och hans köpare. Barnvagnen var med och de stod jämte en bankomat.

186

Då trodde jag att både Åsa och Daniel Berndtzon sålde droger. Köparen hämtade ut pengar från bankomaten. I sin tur gick Daniel till barnvagnen, han tryckte ned handen i vagnen och tog upp små paket. Jag har gett er mängder av foton på tillfällen. Tyvärr är bilderna suddiga. Jag satt i min bil och såg med egna ögon när han tog upp droger. Enligt en advokat jag samtalade med kunde Daniel säga att detta var en hämndaktion från min sida."

I omgångar tittade Peter på Hope som satt hopsjunken och tyst som en mus. Flera gånger blinkade hon. Öppnade sin mun, men inga ord kom ifrån henne. Tårar började återigen droppa ned för kinderna. Peters kollega satt på andra sidan om Hope, männen tittade på varandra. Ansiktsuttrycken var klentrogna.

"Varför tog inte svenska polisen detta på allvar?" frågade advokaten Cherie allvarligt.

"De tog min anmälan och plockade in Daniel Berndtzon för ett samtal. Men han hade bara klappat om sin lilla dotter. På fotona gick det inte att se om narkotika eller pengar lämnades över. Efter det blev hans vaksamhet allt tydligare. Inget barn var med längre. Sociala gjorde påhälsning. Tydligen hade Åsa blivit chockad. Polisen berättade det för mig. Enligt Daniel hade polisen tagit fel på person."

"Tror du fortfarande att din styvdotter Hope var med och sålde narkotika."

"Polisen sa att de hade intervjuat människor som kände henne. Alla svarade att hon var en av de vänligaste personer de mött. Åsa är en fantastisk fin människa. Nej, jag såg henne aldrig sälja narkotika. Hon är en hederlig människa och är mycket stolt över det." Det blev tyst. "Alla slags kriminella handlingar avskyr Åsa, hon skulle aldrig befatta sig med narkotika."

Fortfarande stirrade Hope rätt fram. Tårarna hade stoppat. Peter undrade om hon sov med öppna ögon.

"Inte kunde jag tro att mannen jag älskade sålde droger", viskade hon plötsligt rätt ut.

"Du skrämde upp din stackars fru och många andra. Särskilt Hope som har haft ett helvete. Hur känner du idag för vad du har gjort inför din styvdotter och hennes familj?" frågade Cherie hårt.

Sören stirrade stint på advokaten. I sin tur tittade Hope på en punkt längre bort.

"Vad jag har gjort är fruktansvärt. Jag var själv rädd för allt som hände, men skrämde upp min fru och hennes dotter Åsa ännu mer. Ville få saker och ting att hända snabbare med tanke på min exfru. Jag var rädd att hon skulle dö utan att få vetskap om Daniel. Det finns ingen ursäkt hur jag har betett mig. När det gäller Daniel Berndtzon är jag rädd att han släpps lös. Jag är rädd att han går på min familj, min fru, hennes familj, men framför allt Åsa och barnen. För det kommer han att göra. Den mannen är livsfarlig. Mycket manipulativ. Har en stark utstrålning, som får folk att gå på hans lögner. Särskilt kvinnor. Andra tar på sig skulden. Daniel Berndtzon trampar på människor under sin väg. Är det något han älskar är det pengar och makt."

"Varför anmälde du inte det för polisen i Sverige?"

"Jo, det gjorde jag, men fick svaret att det fanns inga bevis."

"Tack, du kan gå och sätta dig", sa Cherie till Sören. "Två vittnen har uteblivit. Vi har sökt efter dem. Mobilerna är avstängda. Ingen är hemma. Då visar vi inspelningar gjorda av mig och en barnpsykolog. Döttrarna till Daniel och Åsa Berndtzon har blivit intervjuade, de är nu tolv och femton år gamla. Minns att deras mamma Åsa, nu Hope, satt i fängelse under fem år. Nu vet jag inte vad Hope kommer ihåg på grund av huvudskadan. Ni vet att en raketattack gick rätt igenom huset där de bodde innan vittnesmålen, varpå Hope var nära att mista livet. En sändare hade hittats i en liten hårborste och även i den äldsta dotterns hörlurar. Tidigare hittades en sändare i ett mjukisdjur. Var vänliga och lyssna på inspelningen."

Cherie tryckte på fjärrkontrollen. Ett band rullade upp. Båda flickorna satt och höll hårt i varandras händer. Det var det enda som rättssalen såg. Då började Hope snyfta.

Försiktigt ställdes frågor och flickorna svarade. Var och en fick berätta vad de hade fått uppleva i sina liv. Den stora saknaden var deras mamma. Tryggheten. Kramarnas famn. En kväll för något år sedan hemma hos pappa och tant Zoe hade viktiga gäster kommit till huset. De fick inte vara i den delen, men var oroliga och tjuvlyssnade. Vad de förstod var att alla barnen, inom det som polisen kallade Octopus, skulle introduceras. Men ligan heter faktiskt Octopus. Nu gick turen till Daniel Berndtzons barn.

"Hör mamma det här? Du kommer att bli förtvivlad. Förlåt, mamma, jag kunde inte berätta allt för dig. Du har haft tillräckligt med elände. Du har lärt oss att man inte ska vara kriminell. Inbrotten vi tvingades göra var delvis för att vi skulle fostras in i Octopus. Men vi ville inte. Pappa och hans fru blev rasande. De skämdes inför alla. Det var då hoten kom att han skulle döda en av oss medan den andra såg på."

Ett sus gick i rättssalen. Berättelsen fortsatte med att flickorna fick höra att deras mamma, fängelsekunden, hade blivit mördad av deras pappa. Han skröt om det. Då hade de svårt att sluta gråta. Under fem år hade båda drömt om sin mamma. Hon skulle hämta dem. Rädda dem. Hon var tryggheten. Kärleken. Den äldsta fortsatte.

"Vi var rädda, kanske inte varje dag. Utan mamma kände jag mig aldrig trygg igen. Pappa hatar mig för att jag är lik mamma. Det sa han ofta till mig. Jag har ett minne ett år efter att vi hade flyttat till Singapore. Mamma, jag vill inte göra dig ledsen. Förlåt. Pappas fru, tant Zoe, brände min lillebrors arm när han bara var fyra år. Hon skrattade högt när han skrek. Pappa såg på. Allt för att min lillebror skulle vara rädd och lyda dem. Den kvinnan är sadistisk. Vi skulle också lära oss att män fick ta på oss. Efter att mamma hade blivit mördad tappade jag lusten att leva. För ungefär fyra månader sedan fick vi en ny lärarinna i Singapore. När jag träffade henne stirrade jag. Jag viskade mamma, försiktigt skakade hon på sitt huvud. Ändå kände jag starkt att det var min mamma. Något var på gång. Jag förstod och höll mig ifrån henne. Då fick jag kraft igen. Tryggheten hade kommit. Några veckor senare hämtade våra morföräldrar oss i Singapore för semester i Australien. Vi skulle besöka mammas grav. Det tog ytterligare ett tag innan vi mötte vår älskade mamma. Hon hade skadat sig. Sedan vi möttes har vi våra drömmar, mycket kärlek och trygghet. Bara vi är tillsammans är allt bra. Innan dess var livet svart och fyllt med rädsla."

En skakig hand höll hårt i Peters arm.

"Noas ärr på armen", viskade hon och visade sin underarm. Peter nickade allvarligt.

Sista frågan kom från Cherie.

"Hur kände ni inför er pappa? Förlåt, jag förstår att det är en svår fråga."

"Han är vår pappa. Någon gång var han kärleksfull. Tror jag. Jag minns inte längre. Först skadade han vår mamma och berättade detta för oss. Två mordförsök gjordes bara i fängelset och två gånger på olika sjukhus. Då är han inte en kärleksfull pappa. Han tog vår mamma ifrån oss. Nyligen i en park kom en man och jagade oss med ett gevär. Hälsningen var från pappa. Vi barn skulle mördas framför mamma. Hon skulle känna smärtan, därefter skulle hon också bli mördad. Poliserna kom precis då och sköt mannen."

Nu grät flickorna högt. Hope gungade fram och tillbaka av stress. Peter försökte hålla henne kvar i bänken. Alla i rättssalen tittade på Hope som gnydde högt.

"En allra sista fråga. Om han får fängelse i många år är ni beredda på det?"

"Ja. Vi vill inte att någon ska dö. Men vi är hela tiden rädda för honom och hans fru. Vi vill bara vara tillsammans med vår mamma. Jag drömmer om att få vara en vanlig tonåring och ha vänner. Min storasyster har haft det väldigt tufft. Tio år gammal tog hon hand om mig och vår lillebror. Hon blev vår trygghet. Vi vände oss till henne. Inte heller kunde vi språket. Kände ingen. Inte heller fanns någon som kunde hjälpa oss. Lova fick ta de värsta smällarna, men jag försökte hjälpa till", viskade Noelle.

"Pappa! Ta inte mamma ifrån oss!" skrek Lova och började snyfta högt.

Psykologen klappade henne lugnande på benet. Filmen tog slut.

Ett högt skrik kom från Hope. Som en sömngångare reste hon sig. Gick exakt som en sömngångare. Likblek. Det blev tyst i salen mest på grund av hennes mekaniska sätt. Peter hade ställt sig upp. Fortfarande stirrade hon rakt fram och gick i takt framåt. Gången var något haltandes. Efter ett flertal steg tog hon till höger. Stannade till. Gick ett steg och ställde sig framför Daniel. Där stod hon och stirrade en stund. Alla väntade. Det var fullständigt tyst.

"Vi var gifta i många år, Daniel. Vem är du? Vem är du?" betonade hon. "Jag förstår inte. Du kan ta livet av en människa med en fingerknäpp, så sa du till mig. Jag har en polisman som vittne. Du trampar på andra för din egen vinnings skull. Nu undrar jag om du skaffade familj bara för att du skulle ha en fin front utåt. Ingen skulle förstå vad du höll på med. Du är sjukligt manipulativ. Ville krossa mig och barnen för att vi inte gick din väg. Jag hoppas att du ruttnar i fängelset. Med ditt sätt kommer du att möta personer som inte tycker om dig. Gör dig beredd och se dig bakom ryggen. Så som jag fick göra. Du kommer att bli hotad. Ligan kommer förstå att du angav och svek din fru, Zoe Ling, som troligtvis är en ligachef. Du är en mördare", sa hon lugnt.

Ett hånleende och en överlägsen min i hans ansikte sa henne allt. Varje ord som hon sa verkade inte beröra honom. Sakta vände hon sig om och gick till Sören. Kramade om honom och mumlade några vänliga ord. Stegen fortsatte till domaren. Vakterna började gå mot henne, men domaren vinkade bort dem.

"Herr domare, jag ber om ursäkt för mitt uppträdande. Tack för att jag fick säga mina ord."

"Det är bäst att du sätter dig. Du ser skör ut."

"Jag är väldigt trött, herr domare. Och hungrig."

Mitt i allvaret skrattade domaren högt.

Domaren avbröt för tidig middag. Klockan hade hunnit bli fyra på eftermiddagen.

En lånerullstol kördes fram till Hope. Peters kollega stoppade kvinnan, han kände över hela rullstolen. Hope fick klartecken och satte sig försiktigt. De gick till samma vilorum som tidigare. Genast la hon sig på britsen och somnade. När hon vaknade hade hon en filt på sig. Försiktigt reste hon sig.

"Det luktar kaffe."

En rykande mugg med kaffe sattes i hennes hand. Tacksamt tittade hon på den snälla polismannen. En skinksmörgås lämnades över. En knackning på dörren. Ett samtal via mobilen och dörren låstes upp. Det var Peters svärfar. Chef över bedrägeriavdelning. Vänligt tog han Hope i handen och hälsade.

"Nu får vi vänta i en timma. Domaren har beslutat sig för att fallet med din man avslutas redan idag på grund av alla vittnen som försvinner, men de har mycket bevis. Den här ligan Octopus är riktigt allvarlig."

"Idag", viskade hon. Kinderna färgades rosa. Ansiktet blev avspänt. "Mina döttrar skulle ha vittnat. Med tanke på skottlossningen tidigare tror jag inte att de hade klarat av vittnesförhören. Deras pappa och alla andra skulle ha stirrat på dem."

"Det hade varit ett trauma för så unga flickor. Domaren och advokaterna tyckte att vi hade tillräckligt på honom."

"Men han gör inget själv. Inget som pekar mot honom. Finns det bevis mot honom?"

"Dina döttrar är lika duktiga som du. Vi har inte berättat detta för dig, men flickorna har lämnat över bevis till Peter. Samma dag ni reste till Peters stuga utanför Cunnamulla, vid ert bilbyte fick han en plastpåse med krimskrams. I påsen låg flera minneskort. Peter, berätta mer."

"Lova och Noelle lämnade påsen till mig. Jag fick lova att inte berätta det för dig, Hope. Det var delvis därför jag inte kom tillbaka till er. Jag åkte till jobbet i Sydney. En polisman från Singapore kom. Vi försökte bygga upp ett vattentätt fall mot Daniel och hans fru. Samt att polismannen fick mängder av foton på personer. Detta har jag och min chef tidigare vittnat om. Jag är mest ledsen över att de kriminella hittade er."

Efter dessa ord tittade Peter länge på henne.

"Jag var så orolig för dig, Peter", snyftade hon till.

"Under en lång tid har du och dina barn på olika håll haft ett helvete. Peter och jag har följt dig från dag ett, Hope. Det är som du sa, du är en bulldogg och släpper inte taget. Ge inte upp", sa Peters svärfar vänligt.

"Vi ska tillbaka om tio minuter."

"Jag blev chockad över min mammas man. Tänk att han spädde på vår rädsla. Vi satte i gång tidigare. Det kunde ha gått riktigt illa. Undra hur min mamma tar det här."

"Hon är med din syster i Sverige. De hålls gömda tills de får ett godkännande från polisen i Göteborg. Tydligen hade Sören berättat det här för henne innan sin resa hit", berättade Peters chef, som drack upp det sista av sitt kaffe.

"Sören hoppade högt för småsaker. Stackars mamma. Men jag kan inte låta bli att tycka synd om honom."

"Vi kunde ha misslyckats totalt. Du förstår vad som kunde ha hänt. Din mamma förstod det. Men hatet han kände måste ha varit extrem. Jag tyckte också synd om honom. Dottern mördad och exfrun har svår cancer. Även de har gått igenom ett helvete för den mannens skull."

Med försiktiga steg gick hon in till toaletten. Ut kom hon med glädje i ansiktet. Precis som om hon började förstå att livet höll på att ta en annan vändning.

"Ta inte ut glädjen för tidigt. Vi har inte hittat den singaporianska kvinnan ännu", sa Peters chef allvarligt till henne.

"Menar du att jag måste byta namn igen? Blir jag dement så spelar det ingen roll. Jag kommer inte minnas alla mina namn." Då fnissade hon till över sina ord. Plötsligt blev hon allvarlig. "Jag glömde bort Viktoria, Nicole, Patty. Har ni hittat henne?"

"Nej, inte ännu", svarade Peters chef vänligt.

"Då kan någon av kvinnorna dyka upp när och var som helst", svarade Hope tonlöst. "Jag hjälpte till och satte fast en högt ansedd kvinnas man. En man som hon egentligen inte var gift med. Mina föräldrar och Australien hjälpte till att förstöra. Förstår ni vad jag menade? I en sjuk människas hjärna, som dessutom är intelligent och orädd, kommer att vilja hämnas. Ingen gör något mot ligan. Familjen Octopus. De måste visa upp resultat vad som kan hända."

Deras chef tittade på klockan.

"Då slår Australien tillbaka. Familjen." Han skrattade hånfullt. "Familjemedlemmar offras om det behövs för höjdarna inom Octopus. Du och barnen får en hemlig adress …"

"Ursäkta att jag avbryter dig, men jag ska prata med mina barn om vad vi ska göra. Inget ska gå över deras huvuden. De har rätt att vara med och bestämma, känna glädje och lycka. Vi ska leva öppet. Vill ligan hitta oss kommer de att göra det ändå."

"Bra där. Bra."

Det knackade hårt på dörren. En polisman viskade i mannens öra. Peters chef tappade hakan.

"Det var som fan."

Nyfiket stirrade allihop på honom.

"Du hittade en bild på din tidigare arbetskamrat. På legitimationen från sjukhuset hette hon Patty Smith. Tydligen hade hon ett australiensiskt pass med det namnet och mellannamnet Nicole. Det namnet hittades långt senare i planet från Bangkok till Sydney. I Sverige hette hon Viktoria Andersson."

"Ja, det stämmer", svarade Hope.

"Hon är här för att vittna."

"Åh nej, säg inte att hon hittar på något mot mig igen. Jag vet inte vad jag har gjort henne för ont", snyftade Hope högt. "Min ork är helt slut."

"Nej, för tusan. Förlåt. Jag var otydlig. Vi var rädda att din exman bara skulle få runt tio år för brott här i Australien. Din advokat Cherie blev väldigt upptagen i sitt rum. Det här är stort, Hope. Riktigt stort. Denna Patty, Viktoria,

196

Nicole ska vittna mot din man. Vad jag förstod är detta allvarligt. Äntligen!"

Alla klappade om Hope som fick ett papper till sig, vilket hon genast torkade näsan med. När hon fick några sekunder för sig själv kom en tanke till henne. Samtidigt som hon blev glad blev hon också bestört. Helt stilla satt hon. Hjärnan fortsatte arbeta.

"Jag ...", sa hon högt, men avbröt sig.

"Vaddå jag?"

"Vill Octopus bli av med Daniel? Han har faktiskt synliggjort Octopus och delvis trasat sönder dem. I flertalet länder har många blivit fängslade. Vem vet, Viktoria och den där Zoe Ling kanske sätter dit honom. Båda kvinnorna hatar honom. Vet du om Viktoria har gjort ett avtal med Australien?" frågade Hope tankspritt.

"Det uppfattade jag inte", muttrade chefen och såg luttrad ut. "Jag håller nog med dig. Det här är för uppenbart. Båda kvinnorna var på ditt sjukhus samtidigt. De samarbetar. Helvete!"

"Undra om Viktoria blev erbjuden en hög post inom Octopus av Zoe Ling. När vi arbetade ihop i Sverige sa några kollegor att Viktoria är en person som älskar pengar. Dessa kollegor sa också att hon verkade vara en människa som kunde trampa på andra. Har hon medborgarskap här i Australien?"

"Jag ska viska detta i Cheries öra", sa Peter kort och koncist.

"Du som känner Cherie, nämn också för henne om hot och repressalier som utgår mot Hope, hennes barn och familjen i Sverige, dessutom Eve och hennes barn. Denna

197

Viktoria vill säkert ha ett avtal, men avtalet måste upphöra att gälla med omedelbar verkan om hon går i brottets bana eller hotar någon av dem. Egentligen borde Viktoria hamna direkt i fängelse. Falskt pass. Borde förvisas. Den kvinnan är farlig på ett annat sätt", sa Peters chef ansträngt.

I samlad trupp gick de mot rättssalen. Alla satte sig på sina platser. Peter hade intensiva samtal med båda advokaterna. Ett par snabba mobilsamtal pågicks av var och en. Tio minuter senare kom Viktoria in i rättssalen. Det blev tyst när hon steg in. Rak i ryggen och med ett stolt leende. Kläderna såg stilfulla ut och prydde hennes vackra kurviga kropp. En snygg mörkrosa kavaj och ett glänsande långt mörkt hår hängde vackert på ryggen. En vit kort kjol till hennes långa vackra brunbrända ben. Det blev effektfullt. Den vita handväskan var av märket Louis Vuitton. Många följde hennes steg.

Hjärtat slog hårt mot revbenen. Hope tryckte sin hand mot hjärtat. Råkade se Peter som tittade på henne. Hennes hand vandrade darrigt över till hans hand. En kram kom tillbaka. Försiktigt släppte han hennes hand. Helst ville hon luta sig mot honom. Få en kram, men visste med sig att det fick hon inte göra. Ändå kände sig Hope lite piggare. Bara tanken på att Viktoria skulle vittna mot Daniel gjorde henne på bättre humör. Många års fängelse. Då kunde Sörens och hennes egen familj koppla av, tänkte hon.

Allvarligt lyssnade Viktoria vad advokaterna sa och nickade. Frågor och svar kom, de var värre än väntat. Då var Hope tvungen att kika på vad Daniel gjorde. Blicken gick över till Sören som satt längre bort. De log stort mot varandra och nickade mot Daniel.

"Daniel börjar se arg ut", viskade hon till Peter, som då slängde en blick på honom.

"Bra. Förhoppningsvis gör han bort sig."

Advokaterna bad Viktoria lämna en redogörelse hur hon kände Daniel Berndtzon.

Med en klar röst började Viktoria berätta. Första gången hon träffade Daniel var tio år tidigare i Bangkok. De hade blivit ett par. Glädjande nog fick hon en inbjudan till Singapore av den världsvane snygge mannen. Självklart åkte hon med. Allt hon pekade på fick hon. Det var som han hade sagt, en ren lyxresa tillsammans. En saga, och han ville skämma bort henne. Det var där Daniel berättade att han var gift och hade två döttrar hemma i Sverige. Daniel och hans fru skulle skilja sig. Festligheterna fortsatte och hon blev presenterad för trevliga personer, fick ett erbjudande om ett bra betalt sifferarbete som hon genast tackade ja till.

Daniel skilde sig aldrig. Några år gick. Vissa saker hade tydligen misslyckats angående Daniels fru. För snart sju år sedan blev Viktoria arbetskamrat med frun och de arbetade ihop under ett halvår. Viktorias arbete var att bli vän med Åsa, ordna med pengatransaktioner via ett datorprogram på företaget. Åsa skulle få skulden. Pengarna skulle Viktoria och Daniel behålla vid sidan om. Efter flera misslyckade försök att bli av med henne kom de på att Åsa och Viktoria kunde åka på semester. Det var först och främst i Bangkok som Åsa skulle sättas dit med narkotika. Om tid saknades för Daniel skulle resan fortsätta till Australien. Förhoppningsvis skulle Åsa åka fast i tullen med mängder av droger. Om inte, då väntade en person på henne i hotellrummet i Sydney. Detta var beordrat av Daniel Berndtzon, Åsas man.

"Ursäkta att jag avbryter", sa Cherie. "Återigen vill jag nämna att Åsa är numer Hope. På grund av mordförsöken och efter fängelsevistelsen här i Australien har Daniel Berndtzons fru fått byta namn ett par gånger. Jag måste ställa ett par frågor." Domaren nickade. "Den första är att Åsa Berndtzon, Hope, är utbildad revisor. Varför blev inte hon erbjuden ett arbete i Singapore?"

"Jag fick höra att Åsa vägrade flytta till Singapore. Planerna hade varit sådana att Daniel hade tänkt få in henne i ligan där hon skulle arbeta som revisor. Jag måste erkänna att Åsa är otroligt skicklig. Det visste Daniel. I Singapore skämdes Daniel över att hans fru inte löd honom. Sista gången när hon sa ett bestämt nej bestämde han sig för att avpollettera henne. Avpollettera är hans ord. Barnen ville han behålla, de skulle komma till användning och fostras in i Octopus."

Det gick ett sus i rättssalen.

"Jag vill ha ett förtydligande. Varför satte du inte dit Åsa i Bangkok. Hon hade fått livstid."

"Daniel hann inte få ett vattentätt alibi. Deras lägenhet såldes och alla deras sparpengar hade överförts. Kvinnan som samarbetade med honom i deras hemstad i Sverige måste bort. Daniel var tvungen att ta hand om objektet. Vad jag vet har kvinnan ännu inte hittats. Åsa och jag hade varit i Bangkok under fyra dagar. Jag väntade på besked. Daniel hade tagit ett stort lån i Åsas namn. Det strulade. Jag fick order om att fortsätta till Sydney. Daniel Berndtzon var min chef, vi ville lämna Octopus. Gällande Åsa hoppas jag att ni

200

förstår att jag blev beordrad. Den som inte lyder hamnar under jorden. När jag hade gjort mitt behövde han mig inte längre. Den mannen är manipulativ."

Det blev ett högt sorl över orden. Folk rörde på sig. Domaren slog med sin klubba i bordet och äskade om tystnad. Fortfarande stod Cherie upp.

"Vem packade narkotikan i den blå kassen som du hade med dig? Du?"

"Några månader tidigare hade Daniel varit i Bangkok och ordnat köpet. Jag blev beordrat att hämta kassen med trästatyetterna och ytterligare en påse. Dessa skulle jag få Åsa att bära in i tullen."

"Jag har inga fler frågor just nu. Du kan fortsätta."

Hela tiden såg Viktoria lika vänlig ut. Berättelsen fortsatte. Daniel hade sagt att hans fru var godtrogen. Hon skulle inte förstå vad som hände. Inte ens när hon hamnade i fängelset. Vad Viktoria också hörde var att Daniel ständigt hade hotat sin fru i fängelset. Mordförsök gjordes i och utanför fängelset, vilket Viktoria försökt förhindra. Dessutom hade Daniel varit i Australien många gånger under de sista fyra åren.

"Ett av överfallen i fängelset var en hälsning från Nicole, alltså Viktoria. Hon ljuger", viskade Hope snabbt till Peter.

Som ekonom för Octopus i Singapore arbetade Viktoria direkt under Daniel. Kvitton och utdrag från Daniels visakort visades upp på en skärm.

Återigen ställde sig Cherie upp.

"Alla dessa resor till Australien vad handlade det om?" frågade Cherie allvarligt.

"Daniel startade eget i Australien. Därför behövdes han här. Bland annat måste han lära känna en del personer i branschen. Ni har fått namnen på ett papper och ett usbminne", svarade Viktoria kvickt.

"Kan du med egna ord berätta vad exakt han gjorde här i Australien?"

"Med privata medel köpte Daniel Berndtzon upp mark här i Australien. Mycket pengar gick till mutor och uppköp av fastigheter. Australien är ett stort land, ändå var det svårt att få hit narkotikan, därför skulle allt odlas på plats. Laboratorier byggdes. Även där har jag lämnat en förteckning och vilka områden på kartan det gäller. Det ligger utanför Melbourne. Ungefär 870 kilometer från Sydney", sa Viktoria förtydligande och log. "Daniel ville ha nära en stor stad för distribution. Detta är alltså Daniel Berndtzon privata affärer. Inget godkännande av Octopus har utgått. Enligt hans privata bokföring, som jag också var ekonom för, fick vi in vinster på ett par hundratusen dollar varje månad."

Ett sus gick genom rättssalen. Domaren slog med klubben flertalet gånger.

"Du säger vi. Med andra ord är du med Daniel Berndtzon i detta."

"Jag vågade inget annat. Efter det här vittnesmålet kan jag dra mig ur och leva ett normalt liv."

"Tack", sa Cherie avmätt.

"Ni har också fått foton där Daniel står och pratar med högt uppsatta narkotikadistributörer. Namnen finns med på listan. Ser ni skylten på fotot? Melbourne", sa Viktoria med ett stort vackert leende.

Peter ryckte i Hopes arm. När hon tittade på honom visade han sin mobil. Ett sms från Cherie.

Allt passande och perfekt. De städar upp i organisationen. Är det en maktkamp som pågår inom Octopus? Damen är livsfarlig och borde ha fått ett långvarigt fängelsestraff.

"Svartsjuka, svek och hämnd. Han lovade henne guld och gröna skogar", viskade Hope.

Försiktigt nickade han och gjorde tummen upp. Cherie hade förstått direkt vad Peter hade sagt. Under två timmar blev Viktoria manglad. Till slut blev advokaterna färdiga med sina frågor. Daniel hade ett flertal gånger skrikit åt Viktoria att hon ljög. Den sista gången tappade domaren tålamodet och var på väg att kasta ut honom. En blick gick till Hope som tittade på domaren. Då blev han tyst och lät Daniel sitta kvar.

Domaren meddelade en paus på trettio minuter. Klockan hade hunnit bli sju på kvällen. Samtliga i rättssalen reste sig och gick mangrant ut. Återigen satte de sig i samma rum som tidigare. Alla åt en sallad och drack vatten till.

"Har polisen i Melbourne hittat laboratoriet?" frågade Peter sin chef.

"Ja, och fingeravtryck från ett antal personer. Det fanns bra med mark. En hel del plantor hittades. I den största byggnaden utvanns droger av olika slag. I det andra laboratoriet hittades syntetiska droger."

"Fingeravtrycken. Har de fått fram vilka personerna är?"

"Än vet vi inte så mycket", sa chefen som tittade i sin mobil och läste sms. Då och då slängde han i sig lite sallad. "Nio personer har hämtats in till förhör. Från rättssalen skickade jag en bild på Daniel Berndtzon till polisen i

Melbourne." Det blev tyst. "Ett sms kom nu angående vattenflaskan på sjukhuset. Flytande koncentrerat av kokain med höga värden. Några klunkar och du skulle ha dött direkt. Vilken tur att ingen av er drack från flaskorna. Ni kunde ha dött alla tre", muttrade chefen och bleknade.

Illamående försökte Hope få i sig salladen. Den såg fräsch ut med havets läckerheter, men magen var i uppror. Hjärtat slog hårt på grund av stress. Hon hade glömt ångestdämpande medicin. En lätt huvudvärk hade gett sig till känna. Peter fick ett samtal.

"Tack", svarade han enkelt. "Det är klart. Vi kan gå in nu. Ät upp din sallad, Hope."

"Jag är för nervös. Maten kommer inte att stanna i magen."

"Det är inte konstigt att du åkte fast i tullen med narkotika. Du hade ingen chans mot din man och denna Viktoria. Har aldrig sett en bättre skådespelerska. En iskall kvinna", lade Peters kollega till.

"Hope nämnde svartsjuka, svek och hämnd. Efter att ha lyssnat på den damen håller jag med. Hon blinkade inte ens när hon satte dit honom", svarade Peter.

Återigen satt de på sina platser. Fick höra advokaterna en och en. Av stressen började det tjuta i öronen. Det slog lock. Huvudvärken hade blivit värre. Domaren höll ett anförande i tjugo minuter och förkunnade domen. Hope hoppade högt när Daniel kastade sig upp från stolen och hotade alla i sin närhet, särskilt Viktoria. Rädslan gjorde att Hope höll fast i Peter, som lade sin hand över hennes.

Vakterna drog ut Daniel från rättssalen och skriken blev tystare. Folk klappade händer. Viktoria log med ett förnöjsamt leende.

Advokaterna som satt framför dem vände sig om och var jätteglada. Alla kramades. Hope var helt förvirrad. Andhämtningen gick alldeles för fort.

"Peter, vad sa domaren", viskade hon flämtande.

"Hörde du inte?" sa han leende.

"Nej, det tjöt i mina öron. Hjärtat slår hårt."

"Han fick livstid i Perth - Freemantle. Om han någonsin blir frigiven blir han deporterad från landet och får aldrig mer komma tillbaka. Singapore har begärt honom utlämnad med tanke på bevisen i plastpåsen från dina döttrar. I Singapore är straffet värre. Givetvis finns alltid en risk för fritagning. Din familj i Sverige kan pusta ut. Jag har kodord och ringer dem."

Hope tittade på vänliga mannen som följt henne under lång tid. Log stilla mot honom och drog ett djupt andetag, en lika djup utandning följde. Förvånat tittade Peter på henne.

"Är du inte glad?"

"Jo, jag är otroligt glad. Lycklig. Just nu skulle jag vilja sova i en skön säng. Nästa önskan är att barnen och jag aldrig mer behöver vara rädda. Det här har tagit alldeles för hårt. Min kropp känns som spagetti. På tal om det blev jag sugen på spagetti och köttfärssås. Tänk dig ett glas rött vin till det. Avkoppling. Fast jag har huvudvärk."

"Åt inte du en sallad precis? Titta. Nu kommer en av advokatbyråns anställda och lämnar över ett par papper."

De följde vad som hände framför dem. Cherie gick fram till Viktoria. Bjöd fram henne till domaren, som tydligen visste vad som skulle hända eftersom han satt kvar. Där framme stod de och diskuterade. Dramatiskt och irriterat skrev Viktoria på alla papper som advokaten la fram.

"Den människan vill jag inte se mer och jag vill inte att hon ser mig. Kan vi gå till vårt rum en stund? Hoppas att hon har lämnat domstolen då."

"Kom", svarade Peter och fick även med sig sin chef och kollega.

Samtalen varierade inne i rummet.

"Vi har haft otroligt mycket att göra. Gällande ert besök hos Daniel i fängelset. Ni fick honom verkligen bortgjord. Advokaterna och domaren lyssnade på bandet. Vi vet vem han är. På grund av det fick han tio år för mordhot plus vad dina döttrar berättade om parken och vad våra kameror visade. Men det andra han berättade om i ditt fängelse var indicier. Han sa att han i vredesmod hittade på allt. Det flickorna hade lämnat över i plastpåsen gällde enbart i Singapore. Men tack vare Viktoria sitter han på livstid. Utlämnas först till Singapore. Han kommer aldrig ut från fängelset igen."

"Tusen tack", viskade Hope med tårar rinnande nerför kinderna.

De satt kvar efter halvtimman. Alla var utmattade. Peter fick ett samtal från Cherie. Några minuter därefter knackade på dörren.

"Hej Hope! Dina barn mår bra och är hemma hos mig på landet. Hotbilden mot dig och barnen kommer troligtvis helt försvinna. Du och barnen har fått ett nytt kit med pass, legitimation och visakort av staten med ett nytt namn, Hope Stillwater. Peter gav sitt godkännande, även dina barn heter nu Stillwater. Eftersom deras pappa sa nej till namnbyte fick de Stillwater som ett extra efternamn. Då får de själva välja. Du har redan idag fått pengar insatta på ett räntebärande konto. Du önskade bo i Australien. Här är ett dokument från staten Australien. Vi som har skrivit under är polismyndigheten, domaren och vi advokater. Du och barnen har fått medborgarskap. Ni är fria och kan flytta vart ni vill här i Australien. Dessutom har ni medborgarskap i Sverige med ert nya namn."

"Åh, tusen tack för all hjälp. Cherie, kan du hjälpa mig med två saker till? Jag önskar adoptera Womba Womba och skilja mig från galningen. Jag vill hemskt gärna bo i Gongilegong", berättade hon och kände sig helt utpumpad.

Det blev tyst i rummet. Häpet tittade de andra på varandra.

"Gongilegong? Var ligger det någonstans?"

"Tio mil från Sydney", svarade Hope enkelt och tittade på Peter.

Peter skrattade högt.

"Wollongong."

"Ja, så var det. Wollongong", skrattade Hope lågt.

Glädjetårar rullade nedför kinderna. Kroppen skakade av känslor. Hon snyftade av lättnad.

"Vad tänker du göra, Hope?" frågade Peters kollega.

"Vi har fått lov att bo i Peters sommarhus ett par veckor. Det blir säkert väldigt varmt. Familjen behöver vila och umgås, där är vilsamt för själen."

"Du glömde att berätta om guldsökning", skrattade Peter.

"Ja, efter Peters sommarhus ska familjen leta guld. Sist vi pratade om det var mina pojkar och Noelle eld och lågor. Jag ska inte leta. Det klarar jag inte. Men jag ska ta med mig en hopfällbar stol med parasoll och titta på dem", berättade Hope med en varm röst.

"Sedan ska ni flytta till Gongilegong."

Alla skrattade högt.

"Din ryggsäck står på golvet. Vill du åka direkt till barnen? Hope?"

"Herregud, hon har somnat. Smällen i väggen tog hårt på henne."

"En stor lättnad också. Allt det värsta är över för henne och barnen. Vi åker till ett hotell. Jag behöver också sova", svarade Peter och gäspade högt.

"Vi behöver alla sova", sa chefen och log. Hans mobil ringde. "Jaså. Jaha. Åh, herregud. Vad säger du? Vad gjorde han? Direkt efter att han lämnade rätten. Sa advokaterna det?" med ett stort leende lyfte han blicken. "En del kriminella anger varandra direkt. Så mycket var den kärleken värd. Daniel Berndtzon meddelade sin advokat var hans fru Zoe Ling befann sig. De var ju inte gifta. För en kvart sedan tog polisen den singaporianska kvinna i Adelaide. Passet hade hon i sitt rum. Hon befann sig på en fruktodling inte långt därifrån. Samma fjärilstatuering på vaden och ett stort ärr uppe vid ögonbrynet."

"Tack och lov. Äntligen. Jag berättar senare för henne", sa han och nickade till Hope.

"Ska ni dela hotellrum?" frågade kollegan nyfiket.

"Tror du att hon vågar sova själv när så mycket har hänt. Jag kör henne till mitt lantställe. Det är en bra bit att köra. Är det okej att jag tar ut några semesterdagar?" frågade Peter sin chef och gäspade högt. "Vi har mycket att göra på jobbet, men jag är fruktansvärt trött."

"I många år har du jobbat hårt med den här ligan, Peter. Följ med dem på guldrushen", svarade chefen med ett leende. "Du har över ett halvår med semesterdagar och övertidsledighet att ta ut. Koppla av och återhämta dig."

Hemma hos Peter stannade Hope förvånat. Blicken gick vidare till påsarna som stod i vardagsrummet. När hon förstod kom tårarna.

"Du har köpt en julgran, pynt och julklappar. Tusen tack för allt."

"Du var väldigt ledsen när du återigen inte fick fira jul med dina barn. Jag handlade allt på rea", skrattade han. "Det finns glitter och kulor i en av påsarna. Vi tar allt med oss och firar jul ihop. Barnen får en julklapp var. Jag har fått låna en större bil."

Hopes ögon glittrade av lycka.

Nästa dag följde Peter med när Hope handlade kläder till barnen, särskilt till Womba Womba. Pojkarna hade delat på Noas kläder. Först åkte de hem till Peter för att tvätta upp alla nya kläder och packa. Hope längtade enormt efter sina barn. När kläderna hade torkat ströks de och veks ihop. Dessa lade hon i paket. Peter hjälpte till.

Kapitel 10

Under flärdfria dagar i Peters palats, sommarstugan, utanför Cunnamulla levde de tillsammans i ett mycket enkelt liv. Kungligt, som de sa. Första kvällen hjälptes alla åt med julgran, glitter och kulor. Paketen lades under granen. Peter satte på julmusik. Senare på kvällen åt de gott. Julklapparna delades ut. Hope och Peter såg lyckan i barnens ansikten. Ett paket var till Hope. Vördnadsfullt läste hon på paketet och berättade att det var från Peter. Ett vackert guldhalsband. En fågel som flög. Vingarna satt ihop med kedjan. Då grät hon och sa till Peter att den julklappen var den vackraste hon någonsin hade fått. I sin tur fick Peter ett hjärta där allas namn stod. Genast satte han på sig den och tittade flera gånger i den dåliga spegeln. Tackade alla och en var.

Flera gånger hade de träffat Cherie, som berättade att hon återigen ska arbeta som advokat, men bara med vissa fall och på deltid. Självfallet fick Cherie blommor och uppskattning från familjen.

Lättad över sitt nya liv hade Hope stillsamt kommit tillbaka. Kärleken till Peter växte, ingen av dem hade bråttom. Inget de pratade om, det bara var så. Pappa och Eve hade hälsat på flera gånger. Via Skype hade Hope och barnen haft många samtal med mamma och syster, också med bästa väninnan Linn i Sverige. Till tidigare arbete hörde hon av sig med en hälsning och många tack till chefen och datakollegan att allt numer var bra.

"Tänk att det fanns en bärbar antenn för mobil och dator här i stugan. Jag håller på att knyta ihop säcken. Åh, Peter, dörren till sovrummet. Jag råkade slänga upp dörren för hårt. Dörrhandtaget fastnade i väggen. Förlåt. Jag betalar givetvis."

"Lova har berättat det. Jag fixar det senare."

Han log och gick ut till pojkarna. De kastade frisbee. Lika lugnt och stillsamt som Hope nu levde, lika stillsamt gick hon ut och satte sig på altanen. Ibland fick hon en migrän-huvudvärk som tröttade ut henne.

I lugn och ro åkte hon ensam in till Cunnamulla och satte sig vid en dator. Drack kaffe och sökte efter en bostad till dem. Inget var brådskande. Men en sak var fantastisk. Hon kände sig fri för första gången på väldigt många år.

Till slut kom dagen då de åkte på sitt äventyr. Aaron, Cheries son och dotter, var med dem. Det var en bra bit att åka. De körde förbi Melbourne och längre in i landet tills de närmade sig Kingower. Guldgrävarlägret låg tjugo mil från Kingower. Alla var lyckliga. I lägret fick de lära sig att vara observanta med relativt nyfödda ormar, deras gift kunde vara livsfarliga. Mycket skräp hittades, men faktiskt också lite guld. Glädjen under en enda vecka av upplevelser och guldsökande gjorde gott för dem. Varje dag gick Peter runt med ett leende. Ett lugn fanns över honom. På kvällarna hade de intressanta samtal framför en öppen eld och fick höra spännande historier om guldsökning. De njöt tillsammans. Tre män ägde stora marker och var kunniga. Dessa blev deras nya vänner. Senare åkte de tillbaka den långa vägen till Peters stuga och stannade ett tag till.

Återigen åkte Hope in till Cunnamulla och till samma lunchställe. En timma senare kom hon hem och meddelade om två hus i Wollongong. Det ena huset var litet. Altanen var stor och det fanns en swimmingpool. Huset låg nära skolor, pendeltåg och motorvägen. En stor park som hette Arthur Osborne Grove bortanför låg havet på cykelavstånd från huset. Det andra huset var större i allt, men låg något längre bort. Genast satte sig familjen runt Hope och tittade nyfiket på de utprintade husen. Alla blev eld och lågor för det mindre huset. Båda husen kostade lika mycket.

"Är det huset på Colemans gata? Det är jättenära skolor. Googla får vi se på kartan." Det blev en tyst minut. De kollade kartan och zoomade in husen. "När kan vi åka dit?"

Genast pekade Hope ut det viktigaste för dem.

"Får vi leva ett vanligt liv om vi köper huset?" frågade Noa nyfiket.

"Ja."

"Womba Womba, du tillhör vår familj. Du får flytta med oss för din mamma. Cherie, Peter och jag har frågat henne. Idag fick Peter och jag ett papper av Cherie och myndigheterna. Det står att du är vår riktiga son, men bara om du vill. Du får vårt efternamn, Stillwater. Flickorna och Noa blir dina syskon. Du har kvar din mamma."

Genast tittade han på flickorna. Blicken gick över till Noa vidare till Peter och sist Hope. För första gången visste inte pojken vilket ben han skulle stå på. Känslosamt slängde han sig i Hopes famn. De kramade varandra. Ett tyst gråtande hördes från honom. Hope lät honom vara i famnen och smekte honom på ryggen.

"Ingen skickar bort mig?"

"Nej, du kommer aldrig att skickas bort. Du är Peters och min son." Hope tystnade. "Allt är inte klart. Först ska vi skriva på adoptionspapper. Vi ville höra med dig och dina syskon om ni önskade det här. Skolan gäller för er allesammans. Okej."

"Okej. Peter då?"

"Jag är här och jag lämnar er inte."

"Flyttar du med oss, Peter!" skrek Noelle. Nu var det hennes tur att slänga sig i famnen. "Jag älskar dig, Peter. Du är den bästa pappan som ett barn kan ha."

"Tack. Det var fint sagt", svarade Peter och klappade henne ömt.

"Är alla med på det här? För flytten och att vi blir en familj?"

"Jaaa!" skrek allesammans.

Häpet tittade Hope på Peter och log generat.

"Jag frågade dig om adoption av Womba Womba, men jag tog för givet att du ville flytta med oss. Du är vår familj. Jag har förstås inte råd att köpa huset själv. Det är inte därför jag vill att du flyttar ihop med oss. Nej, nu börjar jag veckla in mig igen", sa Hope förskräckt när hon hörde hur det lät.

Då skrattade han högt, tittade på Hope och blicken fortsatte till fyra förväntansfulla barn.

"Vi har varit en familj länge. Eller hur?"

Då skrattade alla högt och höll med.

"Innan vi åker härifrån tar vi vägen om din mamma."

Men Womba Womba skakade på sitt huvud.

"Nomba Nomba och jag har varit där. Hon bryr sig mer om sina droger än mig."

"Din mamma gav dig till oss. Det är kärlek. När du vill och önskar åker vi till henne. Nu pratar vi om huset. Det är en del som måste göras om. Kök och badrum är gamla.

Någon tyckte att swimmingpoolen var viktigare, för den och altanen var helt ny", skrattade Hope högt. "Först måste vi se om vi tycker om huset och får köpa det. Inflyttning sker inom en månad efter kontraktsskrivning. Eventuellt första mars. Då kan vi ha sextonårskalas för Lova i Wollongong."

"Mamma, jag har aldrig varit så här lycklig", viskade Lova med glädjetårar.

"Kommer du inte sakna Aaron?"

"Vi gör som du och Peter. Vi finns där alltid för varandra. Avståndet spelar ingen roll." Lova höll hårt om sin mamma.

Hope tittade på Peter och log.

"Ja. Jo. Du har rätt. Jag tänkte att du kanske saknade Aaron."

"Vi har förstås vår stuga kvar", svarade Peter lugnt.

"Ja, din stuga är underbar. Självklart kommer jag att sakna honom. Aaron ska flytta till sin morfar och gå i skolan i Sydney. Vet ni om att Cherie delvis ska bo med sin pappa i Sydney och jobba med vissa fall."

"Det var inte oväntat. Hon är en skicklig advokat. Var någonstans bor Aaron morfar?"

"Marrickville heter området i Sydney."

"Jag fattar inte ert förhållande", sa plötsligt Lova. "Ni är vänner och ska bo ihop. Ska ni inte gifta er?"

Både Hope och Peter skakade på sina huvuden.

"Var och en av oss har varit gifta och varit med om så fruktansvärt mycket elände. Ingen av oss har tänkt på giftermål. Vi flyttar ihop. Jag kan inte tänka mig någon annan man. Dessutom lagar Peter väldigt god mat."

"Vad? Är det därför du flyttar ihop med Peter?" Lovas röst lät vantrogen.

214

"Ja, absolut."

Ett ovanligt högt skratt föll sig naturligt när Hope såg dotterns ansikte.

"Mamma, får Lova och jag umgås med andra ungdomar?"

"Ja. Min högsta önskan är att ni får njuta av livet och vara fria människor."

Flickorna log lyckligt hela tiden.

Först då ringde Hope samtalet till mäklaren. Ett datum blev bestämt om två dagar på eftermiddagen.

"Det var tydligen ett antal personer som skulle se på huset. Vi får vara snabba. Lova, vi kanske firar din födelsedag i Wollongong."

"På en restaurang i vår nya hemstad."

Allihop kom överens. Skrattande gick Peter till sin säng och började packa. Allesammans lämnade vad de gjorde och packade. Mitt i natten skulle de åka. Det var svalare då. Cherie med familj kom och hälsade på under ett par timmar. När barnen hade lagt sig förbereddes mat under färden. De visste också med sig att de måste hyra in sig en natt på hotell. Inget var längre bråttom. Fortfarande hade Peter semester. Hemma hos Peter i Sydney sov de en natt. Fick både duschat och tvättat upp kläder. Peter ringde både banken och en mäklare.

Nästa dag vid middagstid var de framme vid huset. De hade kommit tidigt. Familjen blev eld och lågor när de sakta körde förbi huset. Bilturen tog dem till skolorna som låg på promenadavstånd från huset. Lovas låg längre bort. De tittade även var pendeln gick. Vidare fortsatte de ut på Park Road, förbi parken och kom till havet. Peter parkerade bilen. Sandon Point Beach. Namnet stod på en skylt. De tog av sig sina tofflor och började gå över sanden. På vissa ställen var den het. Då skrek de och sprang ner till vattnet. Vågorna sköljde över fötterna. De åkte tillbaka till huset. Redan på uppfarten kändes det som hemma.

Efter rundgången blev det ett samtal med mäklaren. De höjde budet. Mäklaren gick undan och ringde ägarna. Budet accepterades. Redan nästa morgon skulle det bli kontraktsskrivning med inflyttning den första april. När de gick till bilen började Hope gråta. Ungarna samlades runt henne. Peter gick till bilen. Han förstod.

"Var inte oroliga. Lyckotårar. Äntligen ska vi få bo tillsammans i ett eget hem. Jag ska skaffa ett arbete och ni ska gå i skolan. Få vänner. Äntligen får vi leva ett normalt liv."

"Hur hade ni råd med det här huset?" viskade Lova.

"Jag fick skadestånd av staten. Felaktigt anklagad och för varje år i fängelset. I sin tur har Peter sparpengar och ska sälja sitt lilla radhus i Sydney. Peter tog ett litet banklån. Huset och platsen kändes viktigt för oss. Vi får en nystart. Ni kan växa upp här. I början får vi snåla. När jag kommer i gång får vi in mer pengar."

"Tänk om det inte fungerar mellan er", mumlade Lova oroligt.

Då tittade Hope på Peter och kände sig verkligen lyckligt lottad.

"Jo, det kommer att hålla och bli ännu bättre. Som revisor ville jag att vi skulle ha papper, men Peter ville inte", sa hon lågt. "Både Peter och jag ska arbeta."

"Men ni kan inte lämna pojkarna ensamma hemma. Jag måste plugga."

216

"Jag trodde du var modern. Distansarbete. De gånger jag träffar kunder är ni i skolan. Resten blir planering. Vi får pussla familjelivet som alla andra. Som du har märkt har jag suttit mycket framför en dator, gått distansutbildning angående lagar och övrigt som gäller för en revisor här i Australien. Jag har fått godkänt på alla prov."

"Bra gjort, mamma. Bara inte Peter blir som pappa", viskade Lova.

"Teamwork gäller i vår familj. Alla hjälps åt. Du har sett honom i stugan och på vår guldsökarsemester. Vissa gånger kanske den andra gör lite mer. Så blir det ibland. Sällan att Peter höjer rösten och han lyssnar alltid på vad vi har att säga. Han är engagerad och kärleksfull."

"Ja, Peter underlättar hela tiden för dig och du för honom. Jag minns att du alltid var stressad, mamma. Herregud, vad jag längtade efter dig i Singapore. Det var en ständig smärta i mitt bröst av saknad efter dig, din röst och dina kramar. När jag tog hand om syskonen tänkte jag alltid på vad du skulle ha gjort. Sedan dog du. Livet tog slut. Jag dog också."

"Jag var nära att dö utan er", viskade Hope till sin dotter och höll hårt om henne.

"Kommer ni!"

Arm i arm gick de till bilen.

"Det är bra att vi har köpt en stor bil. Numer är vi en stor familj", skrattade Hope lyckligt.

Dagen efter blev besöken många på olika köks och badrumsavdelningar. När de fick husnycklarna påbörjades genast arbetet med badrum och kök. Skåp, golv och tapeter revs ut och slängdes i container. Alla hjälptes åt. Dagen kom

217

när golven skulle läggas. Kort därefter påbörjades badrum och köksuppbyggnaden med fackfolk. Dagarna gick fort. Varje kväll åkte familjen till Peters lilla radhus. Varje dag pluggade barnen tillsammans med sin mamma, även Hope läste mer om företagande i Australien. Tidigare hade de fått besked att barnen hade fått var sin plats i skolan. Hope tog reda på vilka kunskaper de behövde. Då blev läxförhören intensivare. Den sista veckan stod packning högst på agendan. Äntligen kom deras inflyttningsdag. Första veckan i maj gick flytten till Wollongong.

"Vi sköt upp Lovas födelsedag för alla ville fira den i vår nya hemstad. Nu är det äntligen dags för vår Lova som fyllt sexton år!" utropade Peter. "Vi ska gå på en fin restaurang och fira henne där. Nu! Klä på er!"

Förrätt, middag och dessert, tallrik efter tallrik. Barnen var hänförda. När desserten var uppäten var det presentdags. Alla hade en liten present var till Lova. Hårband. Ritpapper och penna. En fin diktbok. Smink. Viktiga böcker som Lova hade önskat sig. Lycklig tittade hon på alla sina fina presenter. När hon trodde att alla presenter var utdelade kom nästa. Peter tog upp en platt kartong och ställde den framför Lova. Barnen hoppade i sina stolar. En stor I-pad i guldfärg. Lyckliga tårar droppade ner för hennes ansikte. Ett kuvert med rosor på kom från mamma. Först luktade hon på det. Kuvertet luktade rosor. Försiktigt öppnade Lova kuvertet, mängder av färska starkt rosa rosenblad låg i. Drog försiktigt upp ett papper och läste. Tittade på var och en runt bordet.

"Mamma och jag ska ha en heldag. Vi ska gå på shopping och restaurang själva." Hon drog djupt efter andan. "Ska du och jag gå på Spa vid dagens slut, mamma?"

"Ja, Peter föreslog Spa för tjejer. Du ska få bubbel i ett champagneglas."

"Jag visste om det, Lova. Mamma förklarade att det var min tur när jag fyller sexton", fnissade Noelle av lycka.

"Vi tjejer ska ha våra tjejdagar och shopping. Givetvis Peter och pojkarna också."

Flickornas ögon glittrade av lycka.

Utanför restaurangen stojade de högre och skrattade ihop. Flera gånger hade Lova kramat om Peter och tackat. Pojkarna var helstolliga av lycka.

Juni månad hade glidit in. Barnen gick i skolan och trivdes bra. Lova och Noelle hade redan fått nya vänner. Vinterlovet var på ingående. Tillsammans satt familjen under en ledig dag på altanen. Pojkarna lekte i poolen. Kök samt vardagsrum och de två badrummen var klara. En gästtoalett och sovrummen var inte klara för ombyggnad, men inget var bråttom längre. Nya möbler stod på plats. Lova hade sin fina I-pad i knät.

"Peter, visste du att från 1700-talet hade vetenskapliga upptäckter gjorts och under 1800-talet växte kriminaltekniken fram. En man mördades år 1794 med ett pistolskott i huvudet. På den tiden trycktes oftast papperstussar ned i pistolmynningen för att hålla kulorna på plats. Läkaren undersökte den mördade och hittade en papperstuss i huvudet på honom. Papperet vecklades upp. Då såg läkaren att det var ett avrivet notblad. Polisen visiterade den misstänkte och hittade ett notblad i hans ficka. Ena hörn var

avrivet. Papperet passade perfekt in. Fattar du?" sa Lova
med glädje i ansiktet.

"Jag fattar", skrattade Peter. "Vill du fortfarande bli kri-
minalpolis?"

"Ja, och jag vill bli skicklig. Bra med kunskap", svarade
hon och log.

"All kunskap är bra. Vet du när första kriminaltekniska
laboratorium öppnades?" Lova skakade på sitt huvud. "År
1910. I staden Lyon i Frankrike fanns en man med namnet
Edmond Locard. Han hade utbildning inom medicin och ju-
ridik. Locard fick två assistenter och två vindsrum av sta-
den. Den troligen mest kända texten blev - varje kontakt
lämnar ett spår efter sig. Som du förstår har det kriminal-
tekniska gått oerhört framåt. Vi skulle inte klara oss utan
den. Tur för den oskyldige."

"Och otur för den skyldige. Det är helt ofattbart", vis-
kade Lova och såg lycklig ut.

"Är du glad över att du klarade ditt prov, mamma?" ro-
pade Womba Womba.

"Ja, jag är överlycklig. Det innebär att jag kan börja arbeta
och bidra med inkomst. Nu håller jag på att skapa en egen
webbsida. Tror du att jag blir en bra revisor här i Wol-
longong?"

"Du blir den bästa! Du är den snällaste och vackraste
mamman i hela världen."

"Jaa", skrek Noa. Pojkarna höll om varandra i vattnet.
"Du är så mjuk här", han klappade sig över bröstet. "Jag
älskar att krama dig."

"Tusen tack." Hon vände sig mot Lova och Peter. "Kan
ni fatta att de slogs för en timma sedan? Jag blev helt slut."

"Ja, men det är friskt. Fortsätt i lugn och ro med din webbsida. Jag ordnar med middagen."

"Tack."

Senare på kvällen satt de vuxna utslagna. Tjejerna hade varit ute och kommit hem. Nu satt de i var sin vilstol. Ett fnitter ekade mellan dem. De visade sina mobiler för varandra.

"Sydney är huvudstad i Australien", sa plötsligt Noelle.

"Nej, Canberra. Du trodde att du kunde sätta dit mig", skrattade Lova till sin syster.

"Mamma, vad läser du?"

"Reels."

"Du sa att du skulle läsa en bok."

"Avkoppling", svarade hon enkelt.

"Du har tittat på Reels i över en timma."

Hope tittade på klockan och blev förvånad.

"Har det redan gått en timma? Är ni hungriga?"

"Lova skulle göra kvällsmaten. Hon kommer att bli en bra fru", sa Womba Womba lugnt, men det glittrade i hans ögon.

"Vad sa du!" skrek Hope, lade ifrån sig mobilen och jagade charmörerna.

När hon kom tillbaka ramlade hon ner i sin sköna fåtölj.

"Pappa busade aldrig med oss som du gör, mamma. Peter i sin tur engagerar sig och hjälper oss."

"Vad gjorde pappa när ni umgicks?"

"Vi umgicks aldrig. Mobilen hängde framför hans ansikte hela tiden. Ofta var han bortrest", muttrade Noelle.

"Du och Peter ser oss. Ni lyssnar på oss. Precis som om varje ord är viktiga. För att inte tala om alla våra långa samtal. Jag älskar er mest i hela världen."

"Tack, hjärtat. Jag älskar er också. När vi bodde hemma i Sverige hade jag inte tid. Tog mig kanske inte tid. Jag har lärt om. Nu ska jag arbeta på distans. I morgon åker jag till min första kund. Peter och jag samarbetar bra här hemma. Därför finns mer ork och tid. Plus att ni hjälper till en hel del."

"Du säger alltid att Peter ska vila sig efter jobbet, mamma."

"Han har långa arbetsdagar och behöver få en vilodag. Hade vi arbetat lika mycket då hade vi fått hjälpas åt mer. Men Peter gör enormt mycket."

"Mamma, jag har fått ett brev från myndigheten. Jag har en överraskning. Numer heter jag bara Lova Stillwater."

Namnet Stillwater stod på dörren. Lova såg lycklig ut. Om barnen var lyckliga var Hope lycklig. Pojkarna höll på med sina cyklar på gräset. Peter hade sällat sig dit med en verktygslåda. Tålmodigt förklarade han hur de skulle göra. De fick laga cyklarna själva, vilket de älskade. Hope reste sig för att hämta sladden till mobilen. Gick fram till hörnet där ett vackert skåp stod. Skåpet var lågt, ett skåp som Peters fru hade köpt. Hope hade hängt upp tre mindre tavlor ovanför. En tavla på Peter och hans familj, en med hans fru och son och ett stort foto bara på sonen. På det låga skåpet stod ett högt ljus. När någon av dem kände för det gick de dit och tände ljuset.

"Jag tackar er för Peter", viskade hon lågt och tittade på fotona. "Ni skickade honom i rätt tid. Han är den finaste mannen jag har mött. Jag älskar honom i djupet av mitt hjärta. Ett stort tack."

Familjen hade fått ro.